# महायुद्ध

अंश शर्मा

# क्रम-सूची

# प्रस्तावना

Ansh Sharma Book Author

# 1

येकहानी की शरुआत है, कहानी एक ऐसेमहायदुध की जिसनेधरती के अतं के बाद भी धरती को थर्रा कर रख दिया। कहतेहैना कि कहानी कभी खत्म नहीं होती, सब कुछ समाप्त होनेके बाद भी एक सरजू उगता है। अधं ेरेके बाद भी एक नया सवेरा होता है। येकहानी हैअतं के बाद के उसी नए सवेरेकी। येकहानी हैएक ऐसेशक्तिशाली लड़के की जिसनेअपनेसाहस के दम पर ना सिर्फ दिव्य शक्तियों को प्राप्त कर लिया था, बल्कि धरती के एक दसर ेआयाम मेंजाकर वहांके रहस्यों का भी पता लगाया था। येकहानी हैवेदांत की जो टेलीपोर्ट होकर कयामत के बाद की धरती पर पहुंच जाता है। जब अधिकतर इन्सान मारेजा चक्ुे हैंया फिर मरनेके कगार पर हैं। वहांपर वो अनेकों टास्क को परा ु करता हैऔर विजेता होकर निकलता है।, आइए चलतेहैंइसकी शरुआत में, जब वेदान्त बहुत सारी बातों सेअजान ं था। (अलार्म की आवाज) "क्या मतलब हैफिर अलार्म सेट करनेका जब तमुहेंउठना मेरी आवाज सेही होता है?" मिसेज अरोड़ा वेदांत सेकहती है। इस वक्त उनकी आवाज़ मेंप्यार और गुस्सा दोनों का मिश्रण था, ठीक ऐसेही जसैे दधू मेंमिश्री घलु जाती है। वो तरंत किचन सेनिकली ही थी और अपनेमाथेपर उभरेहुए पसीनेको साड़ी की पल्लूसेपोछती है। वेदांत के कानों मेंमांकी आवाज़ जाती हैऔर वो उठकर बैठे जाता है। उसके दोनों हाथ अगराई लेनेके लिए फैल जातेहैं। इसके बाद वो अपनी मांसेएक झप्पी की मांग करता है, मांके परै भी खदु ब खदु ही अपनेबेटेकी ओर बढ़ जाती है। वो वेदांत को गलेलगा लेती है। दनिु या की हर मांअपनेबेटेसेबहुत

प्यार करती है, उसी तरह मिसेज अरोड़ा की जान भी अपनेबेटेवेदांत मेंही अटकी हुई है। मिसेज अरोड़ा नेही वेदान्त को पाल पोषकर बड़ा किया, क्योंकि उसके पिता नहीं हैं। ना जानेकितनी बार वेदांत नेअपनी मां सेपछा होगा कि उसके पिता के साथ क्या हुआ था? लेकिन उसके जवाब मेंहर बार मां इतना ही कहती थी कि वेएक बिजनेस टूर पर गए थेजहांसेकभी वापस नहींआ पाए। "चलो अब जल्दी सेस्कूल के लिए तयारै हो जाओ।" मिसेज अरोड़ा नेवेदांत सेकहा। उनकी बात सनकर वेदांत उठा और स्कूल जानेके लिए तयारै होनेलगा, तयारै होनेके बाद उसनेनाश्ता किया और अपनी मांको अलविदा कहकर जानेलगा। "Bye mom " इतना कहकर वेदांत दरवाजेकी ओर भागता है। स्कूल और घर के बीच मेंवाकिंग डिस्टेंस ही था इसलिए वेदांत रोज पदलै ही स्कूल जाया करता था। वेदांत घर सेनिकलकर स्कूल वालेरास्तेकी ओर बढ़ता है। तभी उसेऐसा लगता हैकि कोई उसका पीछा कर रहा है। उसके कदम खद ब खद तजे हो जातेहैं। वेदांत के साथ ऐसा पहली बार नहीं हो रहा था, कई बार उसनेऐसा महससू किया था कि कोई हैजो उसका पीछा कर रहा है। वेदांत की धड़कन बढ़ गई थी और परै तजी सेभागनेलगेथे। उसनेआखं ों के कोनेसेझांककर देखनेकी कोशिश की। उसेखद सेलगभग 50 फुट पीछेएक आदमी दिखाई पड़ा। सिर सेलेकर पांव तक इस आदमी नेकालेकपड़ेपहन रखेथेऔर सिर पर एक गोल काली टोपी। इसी टोपी को उसनेआगेकी ओर झुका रखा था जिस वजह सेवेदांत उसका चेहरा नहीं देख पाया। "कौन हैये? येमेरा पीछा क्यों कर रहा है?" ऐसेकई सवाल थेजो लगातर वेदांत के दिमाग मेंआ रहेथे। स्कूल नजदीक आ गया था। वेदांत नेराहत की सांस ली। अक्सर कालेकपड़ेवाला येआदमी वेदांत का पीछा किया करता था लेकिन आज तक इसनेवेदांत सेबात करनेकी कोशिश भी नहींकी और ना ही कभी उसनेवेदांत का रास्ता रोका था। वेदांत अब स्कूल के गेट के पास पहुंच गया था, वो जल्द ही उसके अन्दर चला गया उसनेपीछेमडकर उस आदमी को देखनेकी कोशिश की तो उसेवो आदमी कहींभी नहींदिखाई पड़ा। "हाय वेदांत कैसेहो।" एक लड़की नेवेदांत का अभिवादन करतेहुए कहा। उसकी आवाज नेजसै वेदांत की नींद को तोड़नेका काम किया था। उसनेजल्दबाजी मेंउसेहाय बोला और

क्लास की तरफ भागा। उस लड़की को वेदान्त की हालत का अदाजा नहीं था। उसनेतो इस व्यवहार को उसका एरोगेंट नेचर समझ लिया। स्कूल मेंवेदान्त बहुत फेमस था। पढ़ाई मेंहोशियार, दिखनेमेंस्मार्ट और शहर के सबसेरईस परिवार से ताल्लुक रखनेवालेवेदान्त के पीछेस्कूल की सारी लड़कियां दीवानी थी। लेकिन उसका शर्मिला मि स्वभाव उसेहर किसी सेबात करनेसेरोकता था इसलिए उसके बहुत कम दोस्त बनेथे। हालांकि स्कूल मेंकोई भी ऐसा नहीं था जो वेदान्त की दोस्ती नहीं चाहता हो। वेदान्त अपनेक्लास के अन्दर जाता हैजहांपर अनन्या नेपहलेसेही उसके लिए जगह रख दिया था। आज सबहु सेउसनेतीन लड़कों को अपनेपास बिठानेसेमना कर दिया था। उसके ना बोलनेका अदाजं भी बहुत अलग था, वो सीधेना बोलनेके बदले, "येवेदान्त की सीट है" कह दिया करती थी। वेदान्त क्लास की सबसेखबसू रतू लड़की अनन्या के पास जाकर बठता है। अनन्या बहुत प्यार सेउसे "good morning" विश करती हैऔर वेदान्त भी उसेउसी तरह सेजवाब देता है। क्लास शुरु हो गई थी और फिजिक्स वालेखड़ूस सर बच्चों का दिमाग खराब कर रहेथे। क्लास मेंवो रिलेटिव थ्योरी ऑफ टाइम समझा रहेथे। "क्या हुआ समझ नहींआ रहा क्या? अरेतुम लोग तो गलती सेइंसानी नस्ल मेंपदा हुए, तुम सब इन्सान हो ही नहीं" मास्टर नेकहा। "अच्छा तो सर आप जानवरों को पढ़ा क्यों रहेहो?" एक शतानं बच्चेंनेकहा। सभी उसकी बात सनकर हंसनेलगे। इतना मजेदार कांसेप्ट लेकिन उनके बोलनेके अदाजं सेबच्चों को नींद आ रही थी। अनन्या नेतो जसैं बेंच को अपना बेड और क्लासरूम को अपना बेड रूम समझ लिया था। वो तो परूी तरह सेनींद के आगोश मेंजा चकुी थी।लेकिन वेदांत इन सब चीजों मेंबहुत इंट्रेस्टेड था। "अच्छा मतलब अगर कोई वस्तुलाइट की गति सेट्रैवल करती हैतो वो समय को मात देसकता हैऔर भविष्य या फिर भतू मेंजा सकता है।" वेदान्त नेपछा। "हांऔर ऐसा माना जाता हैकि गिनेचनु लोग ऐसेथेजिन्होंनेऐसा किया भी। हालांकी येबातेंकभी पब्लिक डोमेन मेंनहींआ पाई। " टीचर नेवेदान्त को समझातेहुए कहा। परुक्लास मेंशायद वेदान्त ही ऐसा था जो फिजिक्स वालेटीचर की बात सना करता था। बाकि के लोग या तो झपकी लेनेलगतेथेया फिर बेंच

पर सिर रखकर सो जाया करतेथे। टीचर नेजब अनन्या को इस प्रकार सेनींद लेतेहुए देखा तो वो गुस्सेसेभर गए। उन्होंनेएक चॉक उठाई और उसका निशाना ठीक अनन्या की ओर लगा दिया। चॉक भी गोली की तरह गई और सीधेअनन्या के सिर सेटकराई। इस टक्कर नेअनन्या की नींद खोल दी थी। वो हड़बड़ातेहुए उठी और उसके मुंह से केवल इतना ही निकल पाया "sorry sir" "आज के बाद अगर तुम मेरेक्लास मेंसोई तो मैंतुम्हारेपैरेंट्स को बुला लंगा " टीचर नेऊंची आवाज में कहा। येअनन्या के लिए टीचर की इस महीनेकी पांचवी धमकी दी। "अरेसर वो मैंइमेजिन कर रही थी कि भविष्य की दुनिया कैसी हो सकती है। मैंसो थोड़ी रही थी " अनन्या नेकहा। उसकी बात सुनकर सभी बच्चेंठहाका लगाकर हंसनेलगे। लेकिन टीचर तमतमा गए, "अच्छा तो क्या इमेजिन किया हैतमुने`?" "सर मनैं`देखा कि म 2150 की दुनिया मेंचली गईं हुं जहांपर पढ़ाई लिखाई का कॉन्सेप्ट खत्म हो चुका है। सरकार नेसभी स्कूलों को बंद करके बच्चों को आजादी देनेका काम किया है। अब बच्चेंकेवल पार्टी किया करतेहैं " अनन्या नेकहा। भलेही उसनेयेबात मजाक मेंकही थी लेकिन कई बच्चेंऐसा सोचने भी लगेकि अगर सच मेंऐसा हो जाए तो क्या क्या हो सकता है? टीचर नेजब अनन्या के मुंह सेयेबात सुनी तो उनके गुस्सेका अतं नही रहा। उन्होंनेअनन्या सेकहा, "अपनी डायरी मेरेपास लेकर आओ " अनन्या भी समझ गई थी कि एक बार फिर सेउसके घर कंप्लेन जा रही है। लेकिन उसके लिए येआम बात थी अक्सर उसके घर पहुंचनेसेपहलेउसकी शिकायत घर पहुंच जाया करतीं थीं। "तुम रोज वेदान्त के पास बठतीं हो लेकिन वेदान्त का एक भी गुण तमुने`अपनेअन्दर नहींआनेदिया है। सीखो कुछ उससे" टीचर नेकहा। "सीखना तो चाहती हुं, लेकिन येकुछ सिखाता ही तो नहीं हैसर" अनन्या नेअपनेचिर परिचित अदाजं मेंकहा। सभी बच्चेंअनन्या की बात सुनकर हंसनेलगे। वेदान्त नेउसेचपु रहनेका इशारा किया तभी स्कूल की घंटी बजी और टीचर नेअपनेगुस्सेको पी लिया और वो क्लास के बाहर चलेगए। वेदान्त अनन्या को डांटतेहुए कहता है। "कब सुधरोगी तमु ? क्यों तमु हर टीचर सेपंगेलिया करती हो" "अरेमैंनहींपंगेलेती हुं। सारेटीचर नेइस मासुमू लड़की को परेशान करके रख दिया है" अनन्या

ने मासूमियत सेभरेलहजेमेंकहा। वेदान्त भी उसकी बात को सुनकर हंसेबिना नहीं रह पाया। सभी बच्चों नेजल्दी सेअपना बैग पैक कर लिया और घर जानेके लिए तैयार होनेलगे। वेदान्त, अनन्या और आदित्य एक साथ निकले। इन तीनों की जोड़ी स्कुल मेंसबसेमशहूर जोड़ियों मेंसेएक थी। आदित्य मल्होत्रा, अनन्या त्रिपाठी और वेदान्त अरोड़ा बचपन सेही एक साथ रहेथे। इन तीनों की दोस्ती की वजह सेतीनों परिवारों के संबंध भी काफ़ी घनिष्ट थे। तीनों परिवार हर सुख दुख मेंएक साथ खड़े रहतेथे। तीनों बच्चेंअब स्कूल सेनिकलकर घर की ओर रवाना हो गए। आतेवक्त मेंभलेही येतीनों अकेले अकेलेआया करतेथेलेकिन जातेवक्त मेंतीनों साथ ही जाया करतेथे। "आज फिर सेउस अजीब सेआदमी नेमेरा पीछा किया है। मुझेपता नहीं हैवो हैकौन? और अकसर मेरा पीछा क्यों किया करता है?" वेदान्त नेअनन्या और आदित्य सेबतातेहुए कहा। वेदोनों भी उसकी बात को सुनकर स्तब्ध हो गए। वेदान्त अपनेइन दो दोस्तों पर खुद सेभी अधिक भरोसा किया करता था और इन दोनों को हर बात बताया करता था। "हमेंपता लगाना ही होगा कि वो कौन हैजो इस तरह सेतुम्हारा पीछा किया करता है।" आदित्य ने वेदान्त सेकहा। "मुझेतो लगता हैकि हम तीनों को अभी चलकर कमिश्नर अकल सेमिलना चाहिए। वही इस बात का पता लगा सकतेहैंकि कौन हैवो अजीब आदमी, जो इस तरह सेतुम्हारा पीछा किया करता है" अनन्या नेभी अपनी बात रखी। "नहीं हम तीनों को खुद ही पता लगाना होगा कि वो अजीब सा आदमी कौन हैजो मेरा पीछा किया करता है, मुझेपता लगाना होगा कि वो चाहता क्या है? मैंइसमेंपुलिस को इंवॉल्व नहींकरना चाहता हुं" वेदान्त नेकहा। हालांकि उसके दोनों दोस्त इस बात को समझ नहींपाए थेकि वेदान्त नेऐसा क्यों बोला है? तभी वेलोग चलकर एक ऊं चेसेबिल्डिंग के सामनेसेगुजर रहेहोतेहैं। इस बिल्डिंग के बाहर काले कपड़ों मेंदर्जनर्जे ं बॉडी गार्ड खड़ेहुए थे। उन्होनेंअपनेहाथों मेंखतरनाक हथियार रखा हुआ था। "पता नहीं इस बिल्डिंग मेंऐसा क्या हैजो यहांकी सिक्योरिटी इतनी टाइट है? मैंइसके अन्दर जाना चाहता हुं। " आदित्य नेकहा। "अरेमनैंेइस बिल्डिंग के बारेमेंकई सारी कहानियां सुनु रखी है। मनैंेएक आदमी

के बारेमेंसना था जो इस बिल्डिगं के बारेमेंपता लगानेके लिए उसके अन्दर मेंगया और वहांसेवापस नहींआ पाया" अनन्या नेकहा। तीनों बच्चों नेनिर्णयर्ण किया कि कभी ना कभी तो वेइस बिल्डिगं मेंअवश्य जाएंगेऔर इसके बारेमेंपता लगाएंगे चलतेचलतेतीनों वेदान्त के घर पहुंच चुके थे। आदित्य और अनन्या नेवेदान्त को bye बोला वेदान्त ने भी अपनेदोस्तों के bye का रिप्लाई किया। वो अब घर के अन्दर चला गया था जहांपर उसकी मांमिसेज अरोड़ा उसका इंतज़ार कर रही थी। पति के जानेके बाद उसनेही अपनेबेटेऔर बिजनेस को संभाला था। हालांकि उन्हेंअभी भी लगता था कि उनके पति जिंदा हैं। विक्रम अरोड़ा को गुम हुए अब 12 साल हो चुका था, परी दनिु या इस बात को मान चुकी थी कि उनकी मौत हो चुकी हैलेकिन उनकी पत्नी का मन इस बात को माननेके लिए तयार ैनहीं था। हालांकि किसी नेभी विक्रम अरोड़ा की लाश नहीं देखी थी वेएक दिन अपनी पत्नी सेकेवल इतना कहकर गए थेकि वो एक बिजनेस टूर पर जा रहेहैंऔर कुछ दिनों मेंलौट आएंगे। लेकिन येउनका आखिरी बिजनेस टूर बन गए, वेदोबारा लौट कर नहींआएं। ना तो जिंदा, और ना ही मरकर उनकी लाश आई। यहींवजह थी कि मिसेज अरोड़ा अभी भी येविश्वास किया करती थी कि उनके पति जिंदा हैं। उन्होनें हमेशा वेदान्त को यही बताया कि उसके पिता एक बिजनेस टूर पर गए थेजहांसेवो वापस लौट कर नहीं आ पाए। वेदान्त अब 16 साल का होनेवाला था। उसके पिता तब गायब हो गए थेजब वो केवल चार साल का था। अब उसके जेहन मेंअपनेपिता की केवल कुछ धंधलुी यादेंथी। हालांकि उसक मांनेउसेमांऔर बाप दोनों का प्यार दिया था। उन्होंनेकभी भी वेदान्त को पिता की कमी नहीं खलनेदी थी। वेदान्त के लिए भी उसकी परी दनिु या उसकी मां ही थी। "I'm Back Mom, मैंस्कूल सेआ गया हुं" वेदान्त नेअपनी मांको ढूंढतेहुए कहा। मिसेज अरोड़ा वेदान्त की आवाज सनकरु किचन सेबाहर आ गई और उसनेअपनेबेटेको गलेलगा लिया। "चल अब जल्दी सेकपड़ेबदल कर फ्रेश हो जा मैंतमुहारेलिए खाना लगा देती हुं" वेदान्त की मांने उससेकहा। वेदान्त अपनेरूम की ओर चला गया और वहांजाकर फ्रेश होनेलगा। उसके दिमाग मेंअभी भी वो काले कपड़ेऔर काला हैट वाला

आदमी घूम रहा था। वो वापस डाइनिंग टेबल पर आता हैजहांपर उसकी मांने खाना लगा दिया था। खाना खातेखातेअचानक वेदान्त अपनी मांसेपछताूँ है, "मांपापा कहांगए थे, जहांसेवो वापस नहीं आ पाए। और जब सब लोग बोलतेहैंकि उनकी मौत हो चकुी हैतो फिर आप अपनी मांग मेंसिदंूर और गलेमेंमंगलसतूर क्यों पहनतेहैं।" "क्योंकि किसी नेभी उनकी लाश नहीं देखी। मेरा मन कहता हैकि वो जहांकहींभी है, जिंदा हैं, इसलिए मैंउनके सहागु की निशानी को पहनती हुं।" वेदान्त नेअपनेसवाल को दोहरातेहुए पछाू, "मांपापा गए कहां थे? उनके साथ क्या हुआ था? मझुे सारी बातेंबताओ। " "वो... वो एक बिजनेस टूर पर गए थेऔर वहांसेवापस लौटकर नहींआ पाएं।" वेदान्त की मांनेकहा। ऐसा कहतेवक्त वो बहुत अधिक घबरा चकुी थी। ना जानेवेदान्त को ऐसा क्यों लग रहा था कि मांजठू बोल रही है। वेदान्त कुछ भी नहींबोल पाता हैऔर सीधेअपनेरूम मेंचला जाता है। उसके दिमाग मेंकई सारी बातें चल रही है। बिस्तर पर लेटेलेटेकब उसेनींद नेअपनेआगोश मेंलेलिया उसेपता भी नहीं चला। सीधेशाम को वेदान्त की आखं खलुी और उसनेदरवाजेकी ओर देखा। दरवाजा हल्का सा खलाु हुआ था। उसनेहॉल के अन्दर मेंउसी कालेआदमी को देखा जो उसका पीछा किया करता था। वो उसकी मांसे चिल्लाकर बात कर रहा था और मांउसेबार बार धीरेबात करनेके लिए कह रही थी। वो नहीं चाहती थी कि उन लोगों की आवाज वेदान्त के कानों मेंपड़ो कौन था येआदमी? मिसेज अरोड़ा उससेक्या बात कर रही थी? मिसेज अरोड़ा का उस आदमी सेक्या रिश्ता था? क्या वेदान्त की मां, पिता को लेकर वेदान्त सेजो कुछ कहती थी वो जठू था? क्या वेदान्त उस आदमी के सामनेचला जाएगा?

# 2

वेदान्त स्कूल सेआनेके बाद सीधेअपनेरूम मेंचला गया। वहांजाकर कब उसकी आखं लग गई उसे पता भी नही चला। शाम को जब उसकी नींद खलुी तब उसनेकुछ ऐसा देखा जिसनेउसके होश उड़ा दिए। पिछलेकई दिनों सेहर रोज जब वेदान्त स्कूल जाता था या फिर कहींअपनेदोस्तों के साथ जाता था, तो एक काला कोट और काला हैट पहना आदमी उसका पीछा करता था। आज वही आदमी वेदान्त के घर में आ चका था और किसी बात पर उसकी मांसेबहस कर रहा था। वेदान्त को कुछ भी समझ मेंनहींआया कि येआदमी उसके घर मेंकैसेआ गया। उसनेधीमी आवाज मेंअपनी मांको कहतेहुए सनाु, "तमु कृपा करके धीरेबोला अगर वेदान्त जाग गया तो उसेसब पता चल जाएगा " "आज ना कल उसेपता तो चलना ही हैऔर हम भी तो चाहतेहैंकि उसेसारी बातेंपता चल सकें। तमुहारे पास दो ही विकल्प हैया तो तमु खदु वेदान्त को तयारै करो या फिर हम जबरदस्ती उससेयेकाम करवाएंगे।" उस आदमी नेमिसेज अरोड़ा सेकहा। मिसेज अरोड़ा परूी तरह सेघबरा चकु ी थी। वेदान्त भी डर के मारेबाहर नहींजा पा रहा था। मिसेज अरोड़ा की आखं ों सेआसंुकी धारा बह रही थी। वो बार बार उस शख्स सेरिक्वेस्ट कर रही थी कि वो वेदान्त को कुछ भी ना बताएं। "अभी के लिए तो मैंजाता हुं लेकिन मैंजल्द ही तमुहारेबेटेसेमिलंगाु, और उसेउसके पापा के द्वारा छोड़ा गया अधराु काम पराु करना ही होगा।" उस अजीब सेआदमी नेमिसेज अरोड़ा सेकहा। "कौन सा काम? ऐसा क्या हैजो मेरेपापा नेअधराु छोड़ दिया, और मझुेइसके बदलेमेंक्या काम

करना होगा?" ऐसेकई सारेसवाल थेजो परिक्षित के दिमाग मेंकौंध रहेथे। जब वो शख्स घर के बाहर चला गया तब वेदान्त हॉल मेंगया। इस बड़ेसेघर मेंकेवल वेदान्त और उसकी मां रहा करतेथे। "कौन था मांवो आदमी और वो तमसु ़क्या कह रहा था?"वेदान्त नेअपनी मांसेपछा। "अरेकोई नहींवो हमारा ही एक रिश्तदार ़ था।" मांनेआसं ़छिपातेहुए कहा। "झूठ मत बोलो मां, तमु मझसु ़कुछ छुपा रही हो। पिछलेकई दिनों सेलगातार जब भी मैंघर सेबाहर जाता हुं येआदमी मेरेपीछेपीछेआ जाता है। मझु ़परी बात बताओ" वेदान्त नेदोबारा पछा। "क्या तमुहेंएक बार मेंसमझ नहींआता। कोई तमुहारा पीछा नहींकरता है, येहमारा ही रिश्तदार ़ था" मिसेज अरोड़ा नेकहा। इस बार उनकी भाषा मेंगुस्सा भरपरू मात्रा मेंथा। वेदान्त अपनी मांके गुस्सेको समझ चका ़ था, इसके बाद वो और आगेकुछ भी नहींबोल पाया। उसके मन मेंभावनाओंका तफान ़ उमड़ रहा था। वो समझ नहींपा रहा था अब उसेक्या करना चाहिए। वेदान्त की मांअपनेकमरेमेंचली जाती है। लेकिन वेदान्त अभी भी अपनेघर के हॉल मेंतजी ़ सेटहल रहा था। वो किसी भी तरीके सेउस कालेलिबास वालेआदमी के बारेमेंपता लगाना चाहता था, उसेये बात समझ मेंआ गई थी कि कहींना कहीं उसका लिकं उसके पिता सेऔर उनके गायब होनेसेहै। वेदान्त भी बाकि लोगों की तरह येबात मान चका ़ था कि उसके पिता की मतृयुहो चकु ़ी है, लेकिन अब कहींन कहीं उसके मन मेंभी संदेह उत्पन हो गया था। तभी हॉल मेंफोन की घंटी बजती है, वेदान्त फोन उठा उठाता है। दसर ़ी तरफ सेएक शख्स भारी आवाज मेंकहता है, "Am i speaking with vedant Arora?" "yes, you are" वेदांत उसेजवाब देतेहुए कहता है। "आपके लिए एक शभु संदेश है। आपको मौका मिला हैढेर सारेरुपए और असीमित ताकत को हासिल करनेका" फोन के उस पार सेअजनबी शख्स नेवेदान्त सेकहा। "what! what are you saying, मैंकुछ समझा नहीं। तमु क्या कहना चाहतेहो" वेदान्त कहता है। वो बिलकुल भी समझ नहींपाया था कि वो अजनबी शख्स उससेकिस बारेमेंबात कर रहा है। "तमु जल्द ही सब समझ जाओगे। अभी के लिए तमु केवल इतना ही समझ लो कि तमु हमारेलिए बहुत ख़ास हों। लेकिन अगर तमनु ़चालाकी करनेकी कोशिश

की तो सीधेतुम्हारी जान जाएगी" उस शख्स ने धमकी भरेलहजेमेंकहा। तब तक वेदांत नेभी चालाकी दिखातेहुए शहर के कमिश्नर सतपाल सिंह को कॉल कर दिया था। कॉल करके उसनेकेवल इतना ही कहा, "check your WhatsApp" उसनेयेबात भी दसर `फ़ोन को एक हाथ सेदूर रखतेहुए बहुत धीमेसेकहा था। वो नहीं चाहता था कि फ़ोन के दसर ̖ी तरफ के आदमी को सनाई ̖ दे। वेदांत नेसारी डिटेल्स कमिश्नर को व्हाट्सएप के जरिए भेज दिया और उनसेजिस नम्बर से उसेकॉल आया था उसेट्रैक करनेके लिए कहा। "लगता हैतुम मेरी बात समझेनहीं?" उस शख्स नेकहा। "तुम कहना क्या चाहतेहो? साफ साफ़ बोलो, तुम मझसु ̖ क्या चाह रहेहो?" वेदांत नेकहा। "अभी के लिए तो केवल इतना कि तुम पलिु स के पास मत जाना। वरना तुम्हारी तो जान जाएगी ही इसके साथ ही तुम्हारी मांभी भगवान को प्यारी हो जाएगी" शख्स नेदोबारा वेदांत को धमकातेहुए कहा। पहलेकी धमकी का भलेही वेदान्त के ऊपर कोई असर नहींपड़ा हो लेकिन उसके इस बात का असर वेदांत के ऊपर जरुर पड़ा। "नहींमेरी मांको कुछ मत करना। मैंकोई चालाकी नहींदिखाऊंगा और ना तो मैंपलिु स के पास जाऊंगा।" वेदान्त नेहकलातेहुए कहा। अब तो इस बात सेभी भयभीत हों चका ̖ था कि आखिर क्यों उसनेकमिश्नर अकलं को इस नम्बर को ट्रैक करनेके लिए कहा। "अभी मैंफोन रखता हुं। बाकि की जानकारी तुम्हेंअगलेफोन कॉल के जरिए दी जाएगी।" उस अजनबी आदमी नेफिर सेअपनी बात रखतेहुए कहा। वेदांत नेभी फोन नीचेरख दिया था। वो परूी तरह सेबदहवास हो चका ̖ था। उसेयेबात समझ मेंनहींआ रहीं थी कि वो आदमी उससेचाहता क्या है? और वो किस बारेमेंबात कर रहा है? यूंअचानक सेउसके जीवन मेंभचाल ̖ क्यों आ गया? तभी उसका मोबाईल फ़ोन बजता है, "येकॉल शहर के टॉवर जोन के एक पीसीओ सेआई हुई थी। मैं तरंुत वहांपलिु स फोर्स भेज रहा हुं" कमिश्नर सतपाल सिंह नेकहा। "नहींअकलं आप ऐसा कुछ मत करना। उस शख्स नेमांको जान सेमारनेकी धमकी दी है। मैंनही चाहता कि मेरी वजह सेमांकिसी भी मसीबत ̖ मेंपड़े" वेदान्त पलिु स कमिश्नर सेकहता है। "अरेलेकिन येकोई मामलू ̖ी बात नहीं है। अगर हमनेअभी एक्शन नहींलिया तो आगेहालात और भी खराब हो सकती

है। पता नहीं तुम मुझे रोक क्यों रहे हो?" सतपाल सिंह ने नाराजगी जाहिर करते हुए कहा। "नहीं अंकल आपको मेरे पापा की दोस्ती की कसम आप ऐसा कुछ नहीं करेंगे। मैं खुद इसके बारे में पता लगाना चाहता हुं। आप कृपा करके पुलिस फोर्स को वहां मत भेजे" वेदांत ने गिड़गिड़ाते हुए कहा। अब पुलिस कमिश्नर सतपाल सिंह कुछ भी नहीं बोल पाए। आखिर अब बात उनके कॉलेज के सबसे प्यारे दोस्त की आ गई थी। वेदांत के पिता विक्रम अरोड़ा और वे एक साथ एक ही कॉलेज से पास आउट हुए थे। उसके बाद सतपाल सिंह ने जहां पुलिस फोर्स ज्वाइन कर लिया वहीं तेज दिमाग के विक्रम अरोड़ा ने अपना नया स्टार्टअप खोल लिया। पुलिस कमिश्नर ने फोन रख दिया था। अब वेदान्त ने ठान लिया था कि वो सारी घटनाओं की सच्चाई और इसके पीछे कौन है? उसका पता अवश्य लगा लेगा। हालांकि कैसे? इसका जवाब उसे अभी भी नहीं मिल पाया था। वेदान्त अपने कमरे में चला जाता है और वहां बैठकर अपने आप को पढ़ाई में व्यस्त करने की कोशिश करता है ताकि उसके दिमाग में जो उथल पुथल चल रही थी वो शांत हो सकें। लेकिन वो ऐसा करने में नाकाम हो जाता है। उसका दिमाग आज पढ़ाई में बिलकुल भी नहीं लग रहा था। वो अपनी कुर्सी से उठ जाता है और दोबारा अपने कमरे में टहलने लगता है। "डिनर में क्या खाओगे?" दरवाजे पर मां खड़ी थी। "मुझे भूख नहीं है। आज आप मेरे लिए कुछ मत बनाना" वेदान्त उनसे कहता है। "क्या तुम अभी भी मेरी बात को लेकर नाराज हो। अपनी मां से ऐसे नाराज नहीं हुआ करते ना बच्चें। आखिर तुम्हारे सिवा मेरा इस दुनिया में ही ही कौन?" मिसेज अरोड़ा अपने बेटे से कहती है। उनकी आखों में आसूं भर आया था। "अरे मां, मैं आपसे नाराज नहीं हुं। मुझे सच में भूख नहीं है" वेदान्त ने अपनी मां को समझाते हुए कहा। "अगर तुम नहीं खाओगे तो मैं भी नहीं खाऊंगी" मिसेज अरोड़ा वेदान्त से कहती है। वेदान्त अब अपनी मां की जिद को समझ चुका था। कुछ भी हो जाएं, उसकी मां ने जो कह दिया वो वैसा ही करती थी। "अच्छा ठीक है! तुम अपने लिए कुछ बना लो। मैं भी तुम्हारे ही साथ थोड़ा सा खा लूंगा" वेदांत अपनी मां से कहता है। "ये हुई न बात। इतना कहकर मिसेज अरोड़ा ने अपने बेटे के गाल पर बहुत प्यार से एक किस कर लिया। उनके चेहरे पर बहुत खबसु

रतू हंसी खिल उठी। वेदांत नेजब मांकी मसुकुराहट देखी तो वो भी खुश हो गया। मिसेज अरोड़ा उठकर किचन चली जाती है। घर मेंकई सारेनौकर थे, लेकिन फिर भी मिसेज अरोड़ा खाना अपनेहाथों सेबनाती थी। वेदान्त को भी और किसी के हाथ का खाना अच्छा नहींलगता था। तभी वेदान्त अपना मोबाईल चेक करता है, उसके मोबाईल पर अनन्या का मसैंज आया हुआ था, "ओए हीरो! कल तुम्हारा बर्थडर्थ हैना? कहांपार्टी देरहा है?" अनन्या के मसैंज को पढ़कर वेदान्त के चेहरेपर हंसी खिल उठी। उसनेउसके मसैंज का रिप्लाई देतेहुए कहा, "जहांतुम बोलो? "अच्छा तो साहबजादेअब मेरी बात भी माननेलगेहैं? ऐसा तो करो मत वरना मैंना तुमसे शादी कर लंगी। " अनन्या नेमसैंज का रिप्लाई दिया। इस रिप्लाई के साथ ही उसनेदो हार्ट इमोजी और फिर बहुत सारेहंसनेवालेइमोजी भी भेज दिया। वेदान्त के क्लास के सारेलोग जानतेथेकि कहींना कहींअनन्या वेदान्त को पसंद करती है। लेकिन वेदान्त उसके हर इशारेको नजरंदाज कर दिया करता था। वेदान्त भी अनन्या को जवाब देतेहुए लाफिंग इमोजी भेज देता है। इसके साथ ही वो अनन्या को लिखता है, "तुम नहींसधरोगी " "ना कभी नहीं!" अनन्या लिखती है। "तो तय रहा तुम्हारेजन्मदिन की पार्टी मेरेघर पर होगी और मैंक्लास के सभी दोस्तों को बुला रही हूं।" अनन्या का रिप्लाई आ चका था। "अरेनहीं प्लीज ऐसा मत करना। सबको क्यों बुलाना हैबस तुम मैंऔर आदित्य रहेंगे।" वेदान्त ने उससेरिक्वेस्ट करतेहुए कहा। अनन्या और वेदान्त का नेचर बिलकुल अलग था। अनन्या जहांबहुत अधिक बोलनेवाली एक एक्स्ट्रोवर्ट लड़की थी। वहींवेदांत बहुत शर्मीला और कम बोलनेवाला था। "अच्छा ठीक है। अब बताओ तुम्हेंक्या गिफ्ट चाहिए" अनन्या कहती है। "गिफ्ट क्या? तुम दोनों ही तो मेरेलिए असली गिफ्ट हो।" वेदान्त उससेकहता है। "ओहो आज तो परुफॉर्म मेंलग रहेहो? क्या बात है? अच्छा चलो तय रहा। कल मेरेघर पर आ जाना सबहु सबहु अब अगर तुम किसी को बुला नहीं रहेहो तो तीन लोगों के बीच होनेवाली पार्टी की तयारी भी तुम्हेंही करनी होगी" अनन्या नेवेदान्त को व्हाट्सएप के जरिए कहा। "अच्छा ओके मैंआ जाऊंगा" वेदान्त नेउससेकहा। "चलो ठीक हैअभी के लिए बाय कल मिलतेहै। टाइम सेआ

जाना। " अनन्या नेलिखा। वेदान्त नेभी उसका जवाब देतेहुए बाय लिख दिया। तब तक मां खाना लेकर आ जाती है। दोनों मांबेटेएक साथ एक ही थाली सेखाना खानेलगतेहैं। तभी वेदान्त को ना जानेक्या सझू बठता है। "मांकल मेरा जन्मदिन है" वेदांत अपनी मांसेकहता है। "हांबेटेयाद हैमझु। मैंतुम्हारा जन्मदिन भलू सकती हुं क्या? बोलो क्या चाहिए तुम्हेंतोहफे में? मिसेज अरोड़ा वेदान्त के बालों को सहलातेहुए कहती है। "क्या मैंजो बोलंगा वो तुम दोगी?" वेदांत नेअपनी मांसेपछा। "हांबिलकुल! क्या आज तक कभी हुआ हैकि मेरेबच्चेंनेकुछ मांगा हो और मनै उसेपरा नहींकिया हो?" वेदान्त की मांनेबहुत प्यार सेकहा। "मांकल जन्मदिन के मौके पर आप मझु पापा की सच्चाई बताओगे। आप मझु बताओगेकि उनके साथ असल मेंक्या हुआ है?" यही इस जन्मदिन का मेरा तोहफा होगा।" वेदांत नेअपनी मांसेकहा। मिसेज अरोड़ा नेजब येसना तो अत्यंत दखी हों गई। येक्या मांग लिया था उसके बेटेनेजिसेपरा करना उसके लिए अत्यन्त कठिन है। उनकी दोनों आखं ों मेंआसं ओुं का सलाब आ गया था। "क्या हुआ मांआप रो क्यों रही हो? बताओ ना ऐसा क्या हुआ था पापा के साथ।" कल मैंसोलह साल का हो जाऊंगा और मेरेलिए अब इस बात को जानना बहुत जरूरी है।" वेदान्त नेजिद करतेहुए कहा। क्या वेदान्त की मांउसेजन्मदिन के मौके पर सच्चाई सेरूबरू कराएगी? ऐसा क्या हुआ था वेदान्त के पापा के लिए साथ? वो कहांगए थेजहांसेवापस नहींआ पाए?

# 3

वेदान्त किसी भी हाल मेंअपनेपिता के बारेमेंजान लेना चाहता था। वो बार बार अपनी मांसेकेवल इतना ही पछू रहा था कि मेरेपिता के साथ क्या हुआ था। वो कहांगायब हों गए थे। "मांमझु जन्मदिन के तोहफे के रुप मेंकेवल इतना ही बता दो कि मेरेपिता कहांगायब हों गए थे।" वेदान्त नेअपनी मांसेपछा। "बता तो रही हुं वेएक बिजनेस टूर पर गए थे, जहांसेवो वापस लौट कर नहींआए। तमुहारेबार बार एक ही सवाल पछनू सेमेरा जवाब नहींबदल जाएगा " मिसेज अरोड़ा नेकहा। वेदान्त उदास हो गया था। मांभी अपनेरूम मेंचली गईं। वेदान्त अब सोनेकी कोशिश करनेलगा। वो अत्यंत दखी हों गया था। उसके दिमाग मेंइस वक्त इतनी सारी बातेंचल रही थी कि उसके लिए सोना बहुत मश्किु ल हों गया था। वो खलु ी आखं ों सेकमरेकी दीवारों को निहार रहा था, जसैं उनसेकुछ राज उगलवाना चाहता हो। कमरेकी दीवारेंभी खामोश होकर वेदान्त को देखेंजा रही थी। वेदान्त को पता नही चला कि कब 12 बज गया। उसका जन्मदिन आ चका ु था और हर बार की तरह उसके बर्थडर्थे पर पहला कॉल भी अनन्या और आदित्य का ही था। दोनों नेउसेकांफ्रेंस कॉल किया हुआ था। "happy birthday मेरेशरे " आदित्य नेकहा। वेदान्त उसको थक्ैयूबोल पाता इससेपहलेही अनन्या बोल पड़ी, "अरेनालायक मेरा भी बर्थडर्थे विश लेलो इसके बाद दोनों को एक साथ थक्ैयूबोल देना। "happy birthday idiot" अगली आवाज अनन्या की थी। "पता नहींतमु कब सधरोगी ु , BTW तमु दोनों को थक्ैय" ू वेदांत नेअनन्या और आदित्य सेकहा। "अगर मैंसधर ु गई तो शराफत बरा ु मान जाएगी,

अच्छा बताओ कल आ रहेहो ना, मतलब कल का प्लान ऑन हैना" "हां हम आ रहेहैं, लेकिन तमुहेंहमारी एक शर्त माननी पड़गी , शर्त येहैंकि तमु येफालतूके फिल्मी डायलॉग नहींमारोगी" आदित्य नेकहा। उसकी बात सनकर ुसभी हंसनेलगे। "चलो अभी के लिए टाटा, मझुेकल के लिए तयारी भी करनी है।" अनन्या नेकहा। इतना कहकर तीनों ने फोन रख दिया था। अनन्या और आदित्य पिछलेकई सालों सेवेदांत को सबसेपहलेजन्मदिन की मबाकरबाद ुदिया करते थे, उन्होनेंइस बार भी ऐसा ही किया था। वेदान्त अपना हर जन्मदिन मां, अनन्या और आदित्य के साथ ही मनाया करता था। वेदान्त अब खशु हों गया था। अनन्या और आदित्य के फ़ोन कॉल नेजसैं उसकी सारी परेशानी को कम कर दिया था। वो अब चनैं की नींद सो गया। सबहु हुईं और मांसीधेउठकर वेदांत के कमरेमेंआ गईं। "Happy Birthday बेटे, और कल रात के लिए Sry। मनैैं ओवर रिएक्ट कर दिया था। मझुे ऐसा नहीं करना चाहिए था" मिसेज अरोड़ा नेअपनेबेटेवेदान्त सेकहा। "मांमझुे कभी भी आपकी बात का बरा ुनहींलगता है। मझुे तो बस समझ मेंनहींआ रहा हैकि जब भी मैंआपसेपापा के बारेमेंपछता ूहूं, हर बार आप ऐसेक्यों बिहेव करतेहो, जसैं कि कुछ ऐसा हो जो आप बताना नहीं चाहती हो" वेदांत अभी भी अपनी मांसेनाराज़ नजर आ रहा था। मांनेजब वेदांत के मंहु सेयेसना ुतो वो अत्यंत दखी ुहों गईं। उसनेवेदांत को समझातेहुए कहा, "अगर किसी सच को छुपानेसेमेरेबेटेकी जिन्दगी बेहतर बनती हैतो मैंताउम्र तमसु कुछ भी नहींबताऊंगी। मैंइस राज को हमेशा के लिए अपनेसीनेमेंदबा कर ही रखंगी। ुआवेश मेंआकर मांनेभलेही येसब कह दिया था, लेकिन अब वो मन ही मन पछतानेलगी। मांकी इस बात नेवहांवेदान्त की उलझन को और बढ़ा दिया था। वो अब परी ूतरह सेसमझ चका ुथा कि कुछ ऐसा हैजो मांउससेछुपा रही है। वेदान्त येभी जानता था कि उसकी मांउससेजान सेभी ज्यादा प्यार करती है, और अगर वो कोई बात उनसेछुपा रही हैतो इसके पीछेजरुर कोई ना कोई वजह होगी। मांकी आखं ोंसेआसं ुकी धारा बहनेलगी। वेदांत नेजब मांको इस तरह सेरोता हुआ देखा तो वो अत्यंत उदास हो गया, उसनेआगेबढकर मांके आसं ुपोंछेऔर उन्हेंगलेसेलगा लिया। वेदांत भी मांके साथ रोनेलगा था।

"मांमझु ेमाफ कर दो, मैंकितना बरा ुहूं कि अपनेजन्मदिन के दिन भी तम्हेरुला रहा हूं। मां प्लीज मत रो।" वेदान्त अपनी मांको चपु करानेकी कोशिश कर रहा था। "मांमैंआपसेवादा करता हूं कि अब मैंआपसेकभी भी पापा के बारेमेंया फिर उनके गायब हो जानेके बारेकुछ भी नहींपछूंगा। मझु ेनहींजानना कुछ भी, बस आप रोना बंद कर दो" वेदान्त नेएक बार फिर सेअपनी मांसेकहा। मांकी आखं ों सेआसं ुकी धारा रुक गई थी। उसनेवेदान्त सेकहा, "अच्छा अब जा और नहा ले, तम्हुें अनन्या के घर भी जाना होगा जहांपर अनन्या और आदित्य तम्हुारा इंतज़ार कर रहेहोगें।" इन तीनों दोस्तों नेएक ख़ास नियम बनाया हुआ था, वो येथा कि येहर जन्मदिन साथ मेंमनातेथे, और अगर एग्जाम वगैरा ना रहे, यानि कि बहुत जरूरी ना हो तो उस दिन स्कूल नहींजातेथे। वेदांत उठा और सीधेबाथरूम मेंघसु गया, उसनेनहाया और कपड़ेपहनेउसके बाद वो मांको बाय बोलने के लिए उनके रूम मेंगया। मांकुर्सी पर बठै ी हुई थी और उनके हाथ मेंएक किताब था। "मांमैंजा रहा हूं, मैंअब सीधेशाम को ही आऊंगा।" वेदान्त नेकहा। "अच्छा ठीक हैजा, बाकि याद रखना कि शाम को तम्हुेंमेरेसाथ रहना होगा। मैंऔर तम्हु हर बार की तरह शाम को ही बर्थडेर्थ ेसेलीब्रेट करेंगे।" मिसेज अरोड़ा नेवेदान्त सेकहा। "अच्छा ठीक है, पहलेमझु ेजानेतो दो,तब तो मैंशाम को वापस आ पाऊंगा" वेदान्त नेहंसतेहुए कहा। "जा ड्राइवर को अपनेसाथ लेजा वो तम्हुेंअनन्या के घर ड्रॉप करके वापस आ जाएगा" मिसेज अरोड़ा ने वेदान्त सेकहा। "अरेनहींमां, बगल मेंही तो अनन्या का घर है। पांच मिनट की दरूी है, मैंपदलै ही चला जाऊंगा" वेदान्त नेकहा "अच्छा ठीक है, जाओ और अपना ख्याल रखना" मिसेज अरोड़ा नेवेदान्त को बाय बोलतेहुए कहा। वेदान्त घर सेबाहर निकल कर मनै रोड पर आ गया। वो अकेलेही चला जा रहा था, तभी उसेलगा कि कोई हैजो उसका पीछा कर रहा है। उसनेअपनी गति बढ़ा ली। वेदान्त नेपीछेमड़ुकर देखा तो वहांपर कोई नहीं था। "कहींयेमेरा वहम तो नहीं है, मैंबार बार एक ही चीज के बारेमेंसोचता रहता हूं इसलिए हो सकता हैकि मझु ेसिर्फ वही आभास हो रहा हो।" वेदान्त नेमन ही मन सोचा। अब वो उसी बिल्डिगं के सामनेसेगुजर रहा था। उसेइस बिल्डिगं सेना जानेंक्यों एक ख़ास लगाव

सा था, वो इसके सामनेसेगुजरतेवक्त अन्दर झांकनेकी कोशिश किया करता। वो कई सालों सेइस बिल्डिगं के अन्दर मेंजाना चाहता था लेकिन इसके अन्दर मेंप्रवेश करनेकी इजाजत किसी को नहीं थी। वेदान्त आगेबढ़ता रहा। वो अब अनन्या के घर के कैंपस मेंप्रवेश कर चका था। उसनेडोरबेल बजाई, अन्दर सेअनन्या नेदरवाजा खोला, आदित्य पहलेही आ चका था। "happy birthday to you, happy birthday to you , happy birthday to you dear vedant, happy birthday to you" अनन्या और आदित्य नेवेदान्त को जन्मदिन की शभकामना दी और आदित्य नेआगेबढकर अपनेप्यारेदोस्त को गलेसेलगा लिया। अनन्या भी कहांपीछेरहनेवाली थी, वो भी आगेबढ़ी और कहा, "अरेतमु दोनों नेमझु`कैसेछोड़ दिया?" इसके बाद अनन्या भी आदित्य और वेदान्त के हग मेंशामिल हो गई। "चलो अब जल्दी मेरेरूम मेंचलो। आज हम परा दिन वहींगुजारनेवालेहैं। हम वहांनाचेंगे, गाएंगे, बातें करेंगेऔर गेम भी तो खेलेंगे" अनन्या नेजल्दबाजी मेंकहा। वो अपनी खशी को छिपा भी नहींपा रही थी। अनन्या आगेआगेअपनेरूम की ओर बढ़ी, आदित्य और वेदांत नेभी उसके कदमों को फॉलो किया। तीनों लोग अब अनन्या के कमरेमेंपहुंच चके थे। वेदान्त के लिए इससेअच्छी पार्टी और कोई हो भी नहींसकती थी जब उसके दो सबसेप्यारेदोस्त परे दिन के लिए उसके साथ रहनेवालेंथे। वो बहुत आनंदित नजर आ रहा था। अनन्या नेआदित्य और वेदान्त सेपछतूं हुए कहा, "तमु दोनों नाश्तेमेंक्या खानेवालेहो, ताकि मैंआटं`ी को बोलकर बनवा सकूं। और सनो वेदान्त तमु आलूका पराठा मत बोलना, हमेशा की तरह। और आदित्य तमु ऑमलेट मत बोलना, हमेशा कि तरह।" अनन्या की बात सनकर सभी लोग हंसनेलगे। तभी आदित्य नेकहा, "अच्छा एक काम करो तमु मेरे लिए आलूका पराठा लेआओ और वेदान्त के लिए आमलेट। फिर तो कोई दिक्कत नहींना?" आदित्य की बात सनकर सभी लोग हंसनेलगे। अनन्या नेभी हंसतेहुए कहा, "अच्छा ठीक हैमैंआटं`ी को बोलकर आती हुं, तब तक तमु लोग अच्छा सा गाना चला दो" वेदान्त और आदित्य इसेअपना ही घर समझतेथे, और उतनेही कंफर्टेबल फील कर रहेथे, जितना कि वो अपनेघर मेंकिया करतेथे। कमाल की दोस्ती

थी इन तीनों की। "केक वेक का ऑर्डर दिया हैकि नहींतुम लोगों ने, या बस आलूका पराठा ही चाकूसेकटवा कर मेरा बर्थडेथे मनानेका प्लान है, तुम दोनों का।" वेदान्त नेहंसतेहुए कहा। "हांमेरी जान! सब कर दिया है। तुम मेरेरहतेचिंता क्यों करतेहो" आदित्य नेवेदान्त सेकहा। तब तक अनन्या भी रूम मेंआ गई थी। उसनेपरा ﬦ प्लान करके रखा हुआ था, कब क्या करना है? क्या खाना है? कौन सी गेम खेलनी है? कौन सा गाना चलाना है। सब! वो इवेंट मनेजमेंट मेंमास्टर थी, स्कूल मेंभी सभी फंक्शन को वहींमनेज किया करती थी। आदित्य नेअनन्या के कहेअनसार ﬦ एक अच्छा सा पार्टी सॉन्ग चला दिया था। इस गानेके बजतेही अनन्या के कदम थिड़कनेलगे। वो डांस भी मलंग होकर किया करती थी। आदित्य और वेदांत भी उसका साथ देनेकी कोशिश करनेलगे। परंदिन मजेकरनेके बाद इन लोगों को समझ मेंही नहींआया की कब शाम हो गई थी। अचानक आदित्य नेअनन्या सेकहा, "चलो, अब केक काटनेकी तयारी करतेहैं। आदित्य और अनन्या फ्रीज के अन्दर सेकेक लेकर आ गए जो इन लोगों नेऑर्डर कर दिया हुआ था। वेदांत नेकेक काटी और अपनेदोनों दोस्तो को खिलाया। उसके बाद तो आदित्य और अनन्या वेदांत के ऊपर टूट पड़ी उन दोनों नेमिल कर उसके परेचेहरेपर केक लगा दिया। अब वेदांत को घर भी जाना था, जहांपर उसकी मांउसका इंतज़ार कर रही थी। वेदान्त नेबाथरूम में जाकर केक को साफ किया और जानेके लिए तयार हो गया। तभी आदित्य नेउससेकहा, "चलो मैंतुम्हें घर छोड़ देता हुं अपनी गाड़ी से। तुम पदलै ही आए हो ना? " "अरेनहीं! इतनेपास मेंतो मेरा घर हैमैंखुद चला जाऊंगा। तुम दोनों अभी एंजॉय करो" वेदांत नेउससे कहा। भलेही वेदांत शहर के सबसेरईस परिवार सेआता हो लेकिन उसकी मांनेउसेहमेशा एक मिडिल क्लास बच्चेंकी तरह ही पाला हुआ था। उसनेअपनेबेटेके लिए केवल उतना ही दिया हुआ था जितनेकि उसको जरूरत थी। वेदांत भी अब इस जिन्दगी का आदी हो चुका था और उसेभी ऐसेही रहनेमेंअच्छा लगता था। अनन्या और आदित्य उसेछोड़नेदरवाजेतक आए। वहांपर आकर उन दोनों नेवेदान्त को बाय बोला। वेदांत नेभी उन दोनों का रिप्लाई किया। शाम गहरी हो चली थी और रास्ता सनसान। ﬦ छोटेशहरों की

शाम अकसर सनसान ुही हुआ करती है। वेदान्त घर की तरफ चला जा रहा था। वो अकेलेआ तो गया था लेकिन एक अजान ंडर उसके दिल में अभी भी जगह बना कर बठैी हुई थी। उसेएक बार फिर सेलगा कि वहींकालेकोट वाला आदमी उसका पीछा कर रहा है। उसनेअपनेकदम तजी ेसेबढ़ा दिए। वो अभी कुछ ही दरू चला था तभी पीछेसेआवाज आई, "वेदांत" वेदान्त नेजसै ेही वो आवाज सनी ुवो रुक गया। उसकी दिल की धड़कन तजे हो गईं। भलेही इस अजीब सेआदमी नेकई बार उसका पीछा किया था लेकिन आज तक उसनेकभी भी उसेआवाज नहीं दी थी। वेदान्त डर के मारेकांप रहा था। तभी उसेऐसा महससू हुआ जसै ेकि वो कालेकपड़ेवाला आदमी उसके पास आता जा रहा हो। "happy birthday vedant" उस आदमी नेवेदान्त के बिलकुल पास आकर कहा। वेदांत ज्यों ही पीछे मड़ुा उस आदमी को देखकर सहम गया। उसनेपांव सेलेकर सिर तक कालेकपड़ेपहन रखेथे। इसके साथ ही उसनेअपनेचेहरेको कवर करनेके लिए अजीब सी मास्क पहन रखी थी। "क... कौन हो तमु ?" वेदान्त नेहकलातेहुए पछा। ु"अरेमैंतम्ुहारा कोई दश्ुमन नहीं हुं, बल्कि दोस्त ही हुं। मैंतो बस तम्ुहेंजन्मदिन की बधाई देनेके लिए आया हुआ था।" उस अजीब सेआदमी नेवेदांत सेकहा। "दोस्त हो? लेकिन मैंतो तम्ुहेंजानता भी नहीं हुं? हांमैंयेजानता हुं कि तमु बहुत टाइम सेमेरा पीछा कर रहेहो और उस दिन तम्ुहींमेरेघर मेंभी आए हुए थे" वेदान्त नेसाहस जटात ुहुए कहा। "तमु मझ्ुु नहींजानतेलेकिन मैंतम्ुहेबहुत अच्छी तरह सेजानता हुं। तम्ुहारेपापा और मैंबहुत अच्छे दोस्त थे" उस आदमी नेकहा। वेदान्त उसकी बात सनकर ुचौंक गया था। वेदान्त नेउससेपछा ू, "अगर तमु मेरेपापा को जानतेहो तो बताओ उनके साथ क्या हुआ था?" "समय आनेपर तम्ुहेंसब पता चल जाएगा, धर्यै ्यरखो, अभी तमु जाओ, तम्ुहारी मांघर पर तम्ुहारा इंतज़ार कर रही होगी।" उस आदमी नेवेदान्त सेकहा। वेदान्त भी उस जगह सेजल्दी निकल जाना चाहता था, वो जसै ेही वहांसेजानेके लिए मड़ुा, उस अजीब सेआदमी नेवेदान्त सेकहा, "जन्मदिन का तोहफा तो लेतेजाओ, और हां इसेअपनेकमरेमेंजाकर अकेलेमेंही खोलना उसनेएक कालेरंग का छोटा सा बॉक्स वेदान्त को थमा दिया और

वहांसेचला गया। क्या था इस बॉक्स के अन्दर? क्या इसमेंवेदान्त के पिता के बारेमेंकोई जानकारी थी? कौन था ये आदमी?

वहांसेचला गया। क्या था इस बॉक्स के अन्दर? क्या इसमेंवेदान्त के पिता के बारेमेंकोई जानकारी थी? कौन था ये आदमी?

# 4

वेदान्त अपनेदोस्तों के घर सेजन्मदिन मना कर वापस ही आ रहा था तभी उसेलगा कि कोई उसका पीछा कर रहा है। उसनेपीछेमड़ुकर देखा तो वही कालेलिबास वाला आदमी था। आज पहली बार ऐसा हुआ था जब कालेलिबास वालेआदमी नेवेदांत को आवाज दिया। उसनेजब वेदान्त को रोका तो उसके कदम ठिठक गए। वो डर के मारेकांपनेलगा। वो आदिम नजदीक आया और उसनेवेदांत के हाथों मेंएक काला बॉक्स थमा दिया और वो वहांसेचला गया। अब वेदांत को कुछ भी समझ मेंनहींआ रहा था कि इस बॉक्स मेंआखिरकार हैक्या? वो उसेवहीं खोलना भी चाहता था, लेकिन एक अनिश्चित खतरा उसेइस बात को करनेसेरोक रही थी और वो उस बॉक्स को वहां खोल नहींपाया। उसके कदम खदुब खदुब घर की तरफ बढ़ गए। उसके मन मेंसवालों की परूी लिस्ट तरै रही थी, वो किसी भी हाल मेंइन सवालों के जवाब चाहता था। वेदान्त अपनेघर पहुंचा जहांपर मिसेज अरोड़ा उसका इंतज़ार कर रही थी। वेदान्त नेडोरबेल बजाई, तभी दरवाजा खलता ुहैऔर दरवाजेके उस तरफ सेमिसेज अरोड़ा दिखाई पड़ती है। मिसेज अरोड़ा नेआगेबढकर अपनेबेटेको गलेलगा लिया। वो आज अत्यंत खश ुनजर आ रही थी। और खशी ुहो भी क्यों ना, आज उनका बेटा 16 साल का जो होनेवाला है। वेदांत उस कालेबॉक्स को अपनी मांसेछुपानेकी कोशिश कर रहा था, उसनेउस कालेबॉक्स को अपनी हाथों की मदद सेपीछेमेंछुपा रखा था। लेकिन उसकी मांनेउसेऐसा करतेहुए देख लिया। "क्या छुपा रहेहो तमु ? मझु ेदिखाओ तो जरा!" मिसेज अरोड़ा नेवेदान्त सेपछूा। ुवेदान्त

सहम गया। उसनेहकलातेहुए अपनी मांसेकहा, "नहींतो इसमेंकुछ भी तो नहीं हैमां!" "दिखाओ मझुंे क्या छुपा रहेहो तमु ?" मिसेज अरोड़ा नेजिद करतेहुए कहा। वेदान्त समझ गया कि मांनेउसेउस बॉक्स को छुपातेहुए देख लिया है। इस वजह सेउसनेअब उस बॉक्स को दिखानेमेंही अपनी भलाई समझी। "अरेयेमेरेजन्मदिन का तोहफा है! मेरेएक दोस्त ने दिया है। इसके साथ ही उसनेमझसुं वादा लिया हैकि मैंअकेलेमेंयेबॉक्स खोलकर देखूंकि इसमेंक्या है?" वेदान्त नेकहा। "लेकिन खोलकर तो देखो कि इसमेंहैक्या?" मिसेज अरोड़ा नेफिर कहा। "मांआपनेही तो मझसुं कहा हैकि किया हुआ वादा हमेशा निभाना चाहिए। अब जब मेरेदोस्त नेमझसू ं वादा लिया हैकि मैंइस जन्मदिन के तोहफे को अकेलेमेंजाकर खोलं,ू तो फिर मैंइसेआपके सामनेमें कैसेखोल सकता हुं " वेदांत नेअपनी मांसेकहा। वेदांत की इस बात को सनकरुं मिसेज अरोड़ा आगेकुछ भी नही बोल पाई, उन्होंनेहंसतेहुए वेदान्त से कहा, "अच्छा बेटा तमु जीतेऔर मैंहार गई। देख लेना तमु उस बॉक्स को अकेलेमेंजाकर। अभी जाओ और फ्रेश होकर आओ। मैंतमुहारेलिए खाना गर्म कर देती हुं।," "नहींमां, खाना तो मैंनहीं खाऊंगा, मनैं ं अनन्या के घर मेंबहुत कुछ खा लिया है, अब मझुं भखू नहीं है। मैंसीधेकल सबहु मेंखाऊंगा " वेदान्त नेअपनी मांसेकहा। "अच्छा चलो ठीक है, जाओ फ्रेश तो हो जाओ या वो भी अनन्या के घर सेही होकर आ गए" मिसेज अरोड़ा नेहंसतेहुए कहा। वेदांत भी अपनी मांकी बात सनकरुं मसुकुराएंवगैर नहीं रह पाया। वह सीधेअपनेरूम मेंचला गया और उस कालेबॉक्स को अपनी अलमारी मेंकपड़ों के बीच मेंछुपा दिया। उसके बाद वेदांत सीधेबाथरूम मेंघसु गया और फिर फ्रेश होनेलगा। उसके दिमाग मेंअभी भी केवल एक ही बात चल रहीं थी कौन था येकाला आदमी और उस कालेबॉक्स मेंक्या है? वेदान्त नेसोच लिया कि वो मांके सोनेके बाद ही उस कालेको खोलकर देखेगा। वो बाथरूम सेबाहर आ गया और कपड़ेबदलनेलगा। तब तक मांभी वेदांत के कमरेमेंआ गई थी। आज उन्होनेंवेदांत के जन्मदिन पर अपनेहाथों सेचॉकलेट केक बनाया हुआ था। "वाह मां, आज आपनेफिर सेमेरेबर्थडेर्थ पर मेरा फेवरेट चॉकलेट केक बनाया है, थकैंयूसो मच मां" वेदान्त नेचहकतेहुए कहा। "और नहींतो

क्या? ऐसा कभी हुआ है जब मैंने अपने बेटे के बर्थडे पर उसके लिए उसका फेवरेट केक ना बनाया हो" मिसेज अरोड़ा ने कहा। इसके साथ ही उन्होंने वेदान्त को गले से लगा लिया। "चलो अब जल्दी से केक काट लो" वेदान्त की मां ने वेदान्त से कहा। इसके बाद दोनों मां बेटे ने केक काटा। वेदान्त ने मां को और मां ने वेदांत को अपने हाथों से केक का एक टुकड़ा खिलाया। "मां! कितना अच्छा होता ना अगर आज पापा जिंदा होते, आज मुझे उनकी याद और भी ज़्यादा आ रही है" वेदांत की आंखों से आंसू की एक धारा निकल आई। उसको रोता देखकर मां भी नहीं रुक पाई। उनके आंखों में भी आंसू उभर आए। इन दोनों मां बेटों का एक दसरे के अलावा था ही कौन? तभी मिसेज अरोड़ा को जैसे कुछ याद आया। उन्होंने वेदांत से कहा, " अब तो उस काले बॉक्स को खोल लो, मैं भी तो देखूं उसमें तुम्हारे दोस्त ने तुम्हारे लिए क्या तोहफा भेजा है" जब मां ने ऐसा बोला तो वेदांत को उस आदमी की याद आ गई जिसने उससे कहा था कि इस बॉक्स को अकेले में खोलना वरना तुम मुसीबत में आ जाओगे। वेदान्त ने अपनी मां से कहा, "नहीं मां, मेरे दोस्त ने मुझसे वादा लिया है कि मैं इस बॉक्स को अकेले में खोलूं आप प्लीज मुझे इस चीज के लिए मत रोको। मैं ये बॉक्स अकेले में खोलना चाहता हूं" मां वेदान्त के मुंह से इस बात को सनकर आगे कुछ भी नहीं बोल पाई। बस उसके चेहरे पर उदासी की रेखा साफ झलक आई। वो वास्तव में इस बात को जानने के लिए उत्सुक थी कि उस बॉक्स में आखिरकार क्या है? लेकिन इसके साथ ही वो वेदांत की जिद को भी जानती थी। "अच्छा ठीक है जो तुम्हें ठीक लगे" मिसेज अरोड़ा ने वेदान्त से कहा। इसके कुछ देर बाद तक वेदान्त और उसकी मां बर्थडे पार्टी करते रहे। उन्होंने साथ में डांस किया और खूब मजे किए। वेदांत को मिसेज अरोड़ा दोस्त मानती थी। रिश्ते में भले ही वो मां बेटे हो लेकिन उन्होंने अपने बीच में बहुत घनिष्ट दोस्ती का रिश्ता कायम रखा हुआ था। मां रूम से बाहर चली गईं। वे काफ़ी थकी हुई थी इसलिए अपने कमरे में जाकर आराम करना चाहती थी। वेदान्त उठा और जल्दी से उसने दरवाजे को अन्दर से लॉक कर दिया। वो नहीं चाहता था कि उस काले बॉक्स पर किसी और की नजर आ जाए। उसे इस बात का आभाष हो गया था कि उसके मन में जितने

तरह के सवाल चल रहेहैं, उसका जवाब इस ब्लकै बॉक्स मेंही छुपेहुए हैं। उसनेकालेबॉक्स को अपनेबिस्तर पर रखा और बहुत सावधानी सेउसेअनबॉक्सिंग करनेलगा। वो जल्दी सेइस बॉक्स के अन्दर मेंक्या है? इस बात को जाननेके लिए बहुत उत्सुक हो चका था। वेदान्त नेजसै ही उस बॉक्स को खोला, वो चौंक पड़ा। उसके अन्दर मेंएक लिफाफा मात्र था। "क्या है इस लिफाफे के अन्दर में" वेदान्त नेमन ही मन सोचा।" उसनेलिफाफे को खोला और उसके अन्दर मेंदेखा। अन्दर मेंदर्जनर्ज ों तस्वीरेंथी, जिन्हेंदेखकर वेदांत के होश ठिकानेआ गए। इन तस्वीरों मेंएक लबै नमा बड़ा सा हॉल था, उसके अन्दर मेंबड़ी बड़ी मशीन रखी हुई थी, इसके अलावा कुछ तस्वीरों मेंएक अजीब सी जगह थी। वेदान्त को समझ मेंनहींआ रहा था कि येकिस तरह का स्थान है। तस्वीर मेंजो स्थान दिख रहा था वो आम दनिु या सेबहुत अलग थी, वहांपर बड़ेबड़ेदैत्याकार जानकर थे, बड़ी बड़ी मशीन थी, हर तरफ आग लगा हुआ था। हजारों लोगों की लाश जमीन पर पड़ी हुई थी। जॉम्बीज इधर उधर विचरण कर रहेथे। "येकौन सी जगह है। इतनी खतरनाक जगह तो मनैं कभी देखा ही नहीं है। ऐसा लग रहा हैकि येपरूी दनिु या ही बर्बाद हो चकुी हैऔर दैत्याकार जानवरों नेइसके ऊपर मेंअपना कब्जा जमा लिया है।" वेदान्त नेमन ही मन कहा। वो तमाम तस्वीरों को एक एक करके देखता जा रहा था, ज्यों ही वो आखिरी तस्वीर पर गया, उसके होश ठिकानेआ गए। वो निशब्द हो चकुा था। वेदान्त को ऐसा लगा जसै उसकी आखं ों के आगेअधं ेरा छा रहा है। "ऐसा कैसेहो सकता है। " वो बदबु दा पड़ा। उन तस्वीरों के अतं मेंवेदान्त नेजो तस्वीर देखी थी वो किसी और की नहींबल्की विक्रम अरोड़ा की थी। "इस लिफाफे मेंमेरेपापा की तस्वीर? ऐसा कैसेहो सकता है? क्या संबंध हैइसका? बड़ा सा लबै और फिर अजीब सी जगह और उसके बाद अतं मेंमेरेपापा की तस्वीर! क्या मतलब हो सकता हैइसका?" ऐसेकई सारेसवाल थेजो लगातर वेदान्त के मन मेंतरै रहेथे। "कहींमेरेपिता के गायब होनेका राज़ इन तस्वीरों मेंतो नहींछिपा हुआ है? क्या मतलब हैइन तस्वीरों का?" वेदान्त बदबु दा पड़ा। कमरेमेंएसी के ऊपर लगेहुए तापमान इंडिकेटर में 16 लिखा हुआ था लेकिन उसके बाद भी वेदान्त पसीनेसेभीगता जा रहा था। "हो ना हो

मेरेपिता के गायब होनेमेंऔर इन तस्वीरों मेंजरुर कोई संबंध है। मझु 'किसी भी तरह से इसके बारेमेंपता लगाना ही होगा" वेदान्त नेअपनेआप सेकहा। तभी वेदांत की नजर उस बॉक्स के अन्दर मेंएक कागज के टुकड़ेपर गई। उसनेउस कागज के टुकड़ेको अपनेहाथों मेंउठाया और उसेदेखनेलगा। उस कागज मेंकिसी ख़ास जगह का एड्रसे लिखा हुआ था। परिक्षित नेउसेपढ़ा, "Building number 16/56, Gali number 5, City centre, Rudra pur" "येएड्रसे , येएड्रसे तो मेरेघर के पास का ही लग रहा है। क्या मतलब हैइसका?" वेदान्त नेमन ही मन सोचा। उसके बाद वो हर एक कड़ी को आपस मेंमिलानेकी कोशिश करनेलगा। "लगातर मेरा पीछा किया जा रहा है, फ़िर मझु 'वो बॉक्स मिला, और फ़िर उसके अन्दर मेंअजीब अजीब सी तस्वीरों के साथ मेरेपापा की तस्वीर और फिर येएड्रस।' क्या मतलब हैइसका?" वेदांत नेअपनेआप सेकहा। वो समझ चका ु था कि इन सारेराज़ों का पता लगानेके लिए उसेदिए गए एड्रसे के ऊपर जाना ही होगा। "मैंकल सबहु ही इस एड्रसे के ऊपर जाऊंगा। और जाकर देखंगा ू कि क्या हैवहांपर?" वेदान्त नेमन ही मन निर्णयर्ण कर लिया वेदान्त नेउस बॉक्स के अन्दर मेंतमाम तस्वीरों को और उस एड्रसे को डाल दिया और उसेअलमारी में रख दिया। वेदान्त बिस्तर पर लेटकर सोनेकी कोशिश कर रहा था लेकिन उसके मन मेंइतनेसारेविचार उमर रहे थे, कि वो सो भी नहींपा रहा था। उसका मन अत्यंत दखी ु हो गया था। उसेकुछ भी समझ नहींआ रहा था कि अब उसेक्या करना चाहिए? विचारों को अपनेमन मेंदबाएंकब उसकी आखं लग गई उसेपता भी नही चला। वो सबहु उठा और उसके दिमाग मेंदिन का पहला ख्याल ही उन फोटोज को लेकर आया। वो जल्दी सेस्कूल जानेके बहानेउस एड्रसे पर जाना चाहता था। आज उसकी नींद बिना अलार्म के ही खलु गई थी, वो स्कूल जानेके लिए तयार ैं होनेलगा। तयार ैं होकर उसनेमांको बाय बोला और घर सेबाहर निकल पड़ा। वह कुछ ही दरू चला था तभी किसी नेउसेटोका, "तमु ्हारेहाथ मेंजो एड्रसे हैमैंतमु ्हेंवहांपर लेकर चलता हुं।" वेदांत के आश्चर्य का कोई ठिकाना नहीं रहा। वो चपु चाप उस आदमी के पीछेपीछेचलने लगा। कुछ ही दरू चलनेके बाद वो आदमी वेदान्त को उसी बिल्डिगं के पास लेकर चला

गया, जिसेदेखकर उसके दोस्त हमेशा बात किया करतेथे, और वेदान्त भी हमेशा सेही इस बिल्डिगं को देखकर आकर्षितर्षि होता था। "तमु मझु यहांक्यों लेआए हो?" वेदान्त नेउस आदमी सेपछा। "अपना एड्रसे चेक करो " उस आदमी नेवेदान्त सेकहा। वेदान्त नेकागज पर लिखेंएड्रसे को पढ़ा और फिर उस बिल्डिगं के मनै गेट पर लिखेएड्रसे को। उसके आश्चर्य का कोई ठिकाना नहीं रह गया। "येतो सेम एड्रसे है, तो क्या मझु इसी बिल्डिगं मेंअपनेसारेसवालों के जवाब मिलेंगे। तो क्या जिस बिल्डिगं के बारेमेंहम रोज बात किया करतेथे, उसी के अन्दर मेंमेरेपिता की जानकारी दबी हुई है।" वेदांत नेअपनेआप सेकहा। क्या राज था इस बिल्डिगं का? क्या इसी बिल्डिगं मेंवेदान्त को उसके पिता के बारेमेंपाता चलेगा? क्या होगा वेदान्त का अगला कदम?

# 5

वो अजीब सा आदमी वेदान्त को लेकर उस बिल्डिंग के बाहर लेकर आ गया था। येबिल्डिंग वही थी जिसके बारेमेंवेदांत और उसके दोस्त हमेशा सेबातेंकिया करतेथे। वेहमेशा सेइसके अन्दर मेंजाना चाहतेथे, लेकिन इस बिल्डिंग के अन्दर आनेकी अनुमति किसी को भी नहीं थी। इसके साथ ही इस बिल्डिंग की सरुक्षा करनेके लिए दर्जनर्ज ों गाइर्स हमेशा सेही तनातैं रहतेथे। "चलो इसके अन्दर, तमुहेंयहींपर तमुहारेतमाम सवालों का जवाब दिया जाएगा" उस अजीब सेदिखने वालेआदमी नेवेदान्त सेकहा। वेदांत उस बिल्डिंग के अन्दर मेंजाना भी चाहता था और एक अनजाना डर उसेइसके अन्दर मेंजानेसे रोक भी रहा था। वेदान्त के कदम वही पर ठिठक गए थे, उसके सोचनेकी शक्ति जसै ेसमाप्त हों गई थी। वो कुछ भी समझ नहींपा रहा था। "चलो, हम और अधिक देर नहींकर सकतेहैं। जल्दी सेइसके अन्दर मेंचलो" उस आदमी नेदोबारा कहा। वेदान्त नेभी अब मन बना लिया था कि वो भी इस बिल्डिंग के अन्दर जाकर देखेगा और सच का पता लगाएगा। वो उस अजीब आदमी के साथ बिल्डिंग के अन्दर मेंप्रवेश करनेलगा। उस आदमी के हाथ मेंएक कार्ड था, जिसेउसनेमखु य दरवाजेसेसटाया। दरवाजा खलु गया एक गार्ड उसके पास आया और उसनेउस आदमी की और वेदांत की तलाशी ली। दरअसल वो गार्ड येदेख रहा था कि कहींयेलोग चपकु े सेअन्दर मेंहथियार तो नहींलेजा रहेहैं। "आप लोग अन्दर जा सकतेहैं" उस गार्ड नेकहा। वो आदमी अब वेदांत को लेकर अन्दर जानेलगा। अन्दर की सिक्योरिटी बाहर के मकाबल ु ेअधिक

सघन थी। यहांपर चप्पेचप्पेपर गार्ड्स तनात थेऔर हर जगह सीसीटीवी लगाया गया था। अब येदोनों लिफ्ट के अन्दर मेंप्रवेश कर चुके थे। लिफ्ट के अन्दर जातेही उस आदमी ने 10 दबा दिया। यह बिल्डिंग शहर की सबसेऊंची बिल्डिंग थी। वेदान्त आश्चर्य चकित होकर हर चीज को गौर सेदेख रहा था। "येतो किसी बड़ेMNC का कॉरपोरेट ऑफिस मालमू पड़ता है" वेदान्त नेअपनेआप सेकहा। दसवांफ्लोर आ चुका था, वो आदमी वेदांत को लेकर लिफ्ट सेबाहर आ गया। वहांपर एक दरवाजा था जिसके बाहर मेंलिखा हुआ था, "World secret organization" "येक्या है? मनैं ेइस तरह के ऑर्गेनाइजेशन का तो कभी नाम भी नहींसुना हुआ है। " वेदान्त बदबु दाया। उस आदमी नेदोबारा अपनेकार्ड को दरवाजेमेंटच किया। दरवाजा खुल गया, उस आदमी नेवेदांत से कहा, "मेरा काम यहींपर ख़त्म होता है, अब इसके आगेतमुहेंअकेलेही जाना होगा" इतना कहनेके बाद वो आदमी पीछेमुड़ा और वहांसेचला गया। वेदान्त नेखुल चुके दरवाजेके अन्दर मेंकदम रखा, येएक बड़ा सा हॉल था, जिसके बीचों बीच एक बड़ी सी कांफ्रेंस टेबल रखी हुई थी और टेबल के चारों तरफ कुर्सियां सि रखी हुई थी। तभी उस हॉल के एक कोनेमेंलगेहुए स्पीकर सेआवाज आई, "world Secret organization में तमुहारा स्वागत हैवेदान्त। तमु दनिु या के चनिु दा ं लोगों मेंसेहो जिसेइस आर्गेनाइजेशन के बारेमें जानकारी मिलनेवाली है। अभी एक गार्ड तमुहारी मदद के लिए आएगा और वहींतमुहारेखानेपीनेका भी ध्यान रखेगा। जब तक तमु यहांपर हो तमु हमारेमेहमान हो।" "आखिर मैंही क्यों? इतनेलोगों मेंसेमझु ही यहांपर क्यों लाया गया?" वेदान्त नेचिल्लातेहुए पछा। उसके इस सवाल का कोई भी जवाब दसर ूी तरफ सेनहींआया। वेदांत नेएक गार्ड को अपनी तरफ आतेदेखा। उस गार्ड नेआतेही उससेकहा, "आपका स्वागत है वेदान्त। मैंयहांपर आपकी देखभाल के लिए तनात किया गया हुं। आपको किसी भी चीज की जरुरत हो आप मझु ेबोल सकतेहो। सबसेपहलेआपको experiment लबै मेंलेजाया जाएगा और फिर ठीक 1 घंटेबाद आपकी यहांपर इस आर्गेनाइजेशन की बड़ी हस्तियों के साथ मीटिंग है।" वेदांत जिस बात को सनकुर सबसेअधिक हैरान था वो

येथा कि इस जगह पर सब लोग उसका नाम कैसेजानतेथे? वेदान्त नेसोचा हुआ था कि इस जगह पर आकर उसके सवालों का जवाब मिल जाएगा, लेकिन यहांआकर तो उसके सवालों की लिस्ट बढ़ती जा रही थी। "चलिए" उस गार्ड नेकेवल इतना कहा और आगेबढ गया। वेदांत भी उसके कदमों को फॉलो करनेलगा। गार्ड वेदान्त को लेकर एक और बड़ेसेहॉल मेंदाखिल हुआ। यहांका नजारा देखकर वेदान्त के होश उड़ गए। इस हॉल के अन्दर मेंबड़ी बड़ी मशीनेंरखी हुई थी, इसके अलावा अलग अलग बोतलों मेंकेमिकल्स रखे हुए थेजिनसेधआुं निकल रहा था। "किस तरह की मशीनेंहैये, मनैं ऐसी मशीनेंअपनेजीवन मेंकभी नहीं देखी है। क्या तमु मझु ेइनके बारे मेंजानकारी देसकतेहो" वेदान्त नेउस गार्ड सेपछा।ु "जी हां! वहींसब जानकारी देनेके लिए तो मैंआपके साथ यहांपर आया हुआ हुं। इस लबै के अन्दर में अलग अलग तरह के experiment किए जातेहैंऔर अनेकों चीजों के बारेमेंजानकारियांजटुाई जाती है।" उस गार्ड नेवेदान्त सेकहा। "किस तरह के experiments, मझु ेपरूी बात बताओ" वेदान्त नेदोबारा पछा ,ु उसकी उत्सकताु बढ़ती जा रही थी। "येजो तमु बड़ी बड़ी मशीनेंदेख रहेहो, उसकी मदद सेहम लोगों को धरती के अलग अलग आयामों में टेलीपॉर्ट करतेहैं। इसलिए इस मशीन को टेलीपोर्ट मशीन भी कहा जाता है। इस मशीन की मदद सेहम किसी भी इन्सान को भतकालू मेंया भविष्य काल मेंभेज सकतेहैं, और इसी मशीन की मदद से भतकालू या फिर भविष्यकाल के मानवों को यहांपर लाया भी जा सकता है।" उरा गार्ड नेवेदान्त को समझातेहुए कहा। वेदान्त के तो पांव कांप रहेथे, वो कुछ भी समझ नहींपा रहा था। इस वक्त वो जल्द सेजल्द इस लबै से बाहर निकल जाना चाहता था। उसनेउस गार्ड सेदोबारा पछा ,ु "मझु ेयहांक्यों लाया गया है? मझु ेपरूी बात बताओ। " "आज आपके हर सवाल का जवाब देदिया जाएगा, लेकिन यहांनहींकांफ्रेंस हॉल में। बस कुछ ही देर में दनिुया भर के विशष ज्ञ और जानेमानेलोग यहांपर आनेवालेंहैं, आज आपके साथ उन लोगों की मीटिगं है" उस गार्ड नेवेदान्त सेपछा।ु "मेरी मीटिगं और दनिुया के जानेमानेलोगों के साथ? ऐसा तो कुछ भी खास नहींकिया हैमनैं, फिर मझु ेयेमौका क्यों दिया जा रहा है" वेदांत

नेदोबारा पूछा।ू उसके इस सवाल का उस गार्ड नेकोई जवाब नहींदिया, उसनेकेवल इतना ही कहा, "30 मिनट में आपकी मीटिंग है। तब तक आप इस लबै मेंघमू सकतेहैं।" इसके बाद वो गार्ड उस हॉल सेचला गया। वेदान्त घमू घमू कर उस परूलबै को देखनेलगा। उसनेपरूेजीवन मेंइतना बड़ा लबै कभी नहीं देखा था। यहांपर बड़ी मशीनों की संख्या दर्जनर्जे ों मेंथी और उन मशीनों को देखकर वो चकित हो रहा था। "लोगों को टेलीपोर्ट किया जा रहा है, और वहांसेलोगों को टेलीपोर्ट करके यहांलाया जा रहा है। पता नहीं इन लोगों का क्या इरादा है? और कहीं इन लोगों के कारण धरती किसी मसीबत ुमेंतो नहींपड़नेवाली है।" वेदान्त नेअपनेआप सेकहा। वो हर मशीन को बहुत गौर सेदेख रहा था। येलबै इतना बड़ा था कि वेदान्त इसका एक हिस्सा भी नहीं देख पाया था, तभी स्पीकर सेआवाज आई, "मीटिंग शरुु होनेवाली है। वेदांत आप कांफ्रेस हॉल मेंपहुंच जाइए" वेदान्त नेउस आवाज को सना ुऔर कॉन्फ्रेस हॉल की तरफ बढ़नेलगा। कांफ्रेस हॉल वही जगह थी जहां पर सबसेपहलेवेदांत आया था। वो उस हॉल मेंगया, जहांपर अब उस टेबल के चारों ओर दर्जनर्जे ों लोग बठै ेहुए थे। वेदांत नेमन ही मन सोचा, "जब मैंयहांपर आया हुआ था तब यहांपर एक आदमी भी नहीं था और अब यहां इतनेसारे आदमी इक्कठा हो गए हैं। किस तरह की मीटिंग होनेवाली हैयहांपर?" टेबल के चारों तरफ की कुर्सियां सि भर चकु ी थी केवल एक कुर्सी खाली थी। उनमेंसेएक आदमी नेवेदान्त को उस कुर्सी पर बठनैे का इशारा किया। वेदान्त नेआज सेपहलेइस तरह की मीटिंग केवल फिल्मों में ही देखी थी। टेबल पर हर इन्सान के आगेमेंमाइक सेट किया गया था जिसके जरिए वो सबके साथ अपनी बात रख सकतेथे। वेदांत अपनी जगह पर आकर बठै गया। उसके माथेसेपसीना टपक रहा था और वो अत्यंत चकित होकर बठाै हुआ था, उसेकुछ भी समझ मेंनहींआ रहा था कि आखिर उसके साथ हो क्या रहा है? वेदांत नेअपनी घड़ी देखी। "12.30 हो चकु े हैं। यही टाइम हैमेरेस्कूल मेंछुट्टी का। अगर मैंटाइम से घर नहींपहुंच पाया तो मांकितनी परेशान हो जाएगी, पता नहींमैंकहांआकर फंस गया।" उसनेमन ही मन सोचा। तभी ठीक वेदांत के सामनेबठै ेहुए आदमी नेमाइक मेंबोलना शरूु किया। "world

Secret organization, मेंतुम्हारा स्वागत हैवेदान्त। हम जानतेहैंकि तुम्हारेमन मेंबहुत सारेसवाल हैं, आज तुम्हेंतुम्हारेहर सवाल का जवाब मिल जाएगा।" वेदान्त चुप चाप बैठा हुआ था, उसनेकेवल इतना ही पूछा, "मुझे यहांपर क्यों लाया गया है, किस तरह के काम करतेहो तुम लोग" "मनै कहा ना कि आज तुम्हारेहर सवाल का जवाब मिल जाएगा, तुम्हेंबस धैर्य रखना होगा" उस आदमी नेदोबारा कहा। "क्या तुम जानतेहो, तुम्हारेपास जो लोग हैंवो कौन हैं।" उस आदमी नेवेदान्त का ध्यान आसपास में बैठे लोगों की ओर लेजातेहुए कहा। "नहींतो, मैंक्या सर्वज्ञ ाता हुं जो मुझे सब पता ही रहेगा" वेदान्त नेगुस्सा होतेहुए कहा। उसके इस तरह सेउल्टा जवाब देनेके बाद भी वो आदमी बहुत सौम्य रहा। उसनेवेदांत सेकहा, "तुम्हारे आसपास जो लोग बैठे हुए हैंवो मामूली लोग नहीं हैं, इनमेकई देशों के टॉप वैज्ञ ानिक, बिजनेस मनै और राजनेता हैं। येसब लोग इस आर्गेनाइजेशन के मेंबर हैं।" वेदान्त का सवाल अभी भी नहींबदला था उसनेएक बार फ़िर सेउस आदमी सेपछा , "किस तरह के काम करतेहो तुम लोग, और तुम्हारा इरादा क्या है।" "चंकू , तुम अब हमारेलिए काम करनेजा रहेहो इसलिए तुम्हारा इस आर्गेनाइजेशन के बारेमेंजान लेना बहुत जरूरी है। यह एक वैज्ञ ानिक संगठन है, जिसकी आर मेंहम लोग दनु िया भर मेंअपराधों को अजाम ं देतेहैं।" कालेकपड़ेपहनेउस आदमी नेवेदान्त सेकहा। "किस तरह का अपराध, क्या करतेहो तुम लोग, तुम्हारा इरादा क्या है? क्या पुलि स तुम्हारा कुछ नहीं करती?" वेदान्त नेसवालों की परी झड़ी लगा दी। "दनु िया भर मेंजितनेभी अपराध होतेहैं, जसै बॉम ब्लास्ट, प्लेन हाइजेक, दंगे, इनमेंसेअधिकतर अपराध हमारेही संगठन के मेंबर्स के द्वारा दिया जाता हैं, हम इन अपराधों को अजाम ं देनेके लिए दनु िया के टॉप नेताओंसेसांठगाठ रखतेहैं। हमारा एक ही इरादा है, दनु िया पर राज करना और अपने साथ जुड़नेवालेतमाम लोगों के घर पसै ों का अबार ं बना देना।" उस आदमी नेकहा। "क्या पुलि स को भी तुम्हारेकरतत ूों के बारेमेंजानकारी हैं?" "हमारा काम इतना सीक्रेट होता हैकि बहुत कम लोगों को इस बारेमेंजानकारी हैं। कभी अगर पुलि स को सचना ू भी मिलती हैतो हम उनसेबहुत आसानी सेनिपट लेतेहैं।" उस

आदमी नेवेदान्त सेकहा। वेदान्त को कुछ भी समझ मेंनहींआ रहा था कि अब उसेक्या करना चाहिए? वो अपराधियो के चंगुल में फंस गया था? "लेकिन मैंही क्यों? परेशहर मेंबहुत सारेलोग हैं, उनमेंसेकेवल मझु ही क्यों लाया गया, और मैंयेभी समझ चका हुं कि तमुही लोग बहुत लंबेसमय सेमेरा पीछा कर रहेहो, क्या वजह हैइसकी? "तमु हमारेलिए बहुत ख़ास हों वेदांत और हम चाहतेहैंकि तमु हमारेलिए काम करो।" उस आदमी ने वेदांत सेकहा। "और अगर मैंबाहर जाकर येबातेंसबको बता दूंतो? तमलोग कहतेहो कि तमुहारा संगठन बहुत सीक्रेट हैं, फिर तमनु एक अजान आदमी को सारी बातेंकैसेबता दी?" वेदांत नेपछा। "तमु ऐसा कुछ भी नहींकरोगेवेदांत, क्योंकि तमु अपनी मांसेबहुत ज्यादा प्यार करतेहो" कालेकपड़े पहनेहुए आदमी नेमसुकुरातेहुए कहा। "क्या मतलब हैतमुहारा?" वेदान्त अपनी मांका नाम सनकर बहुत घबरा चका था। वेदान्त अपराधियों के बीच सेबाहर निकल पाएगा? क्या येलोग वेदांत को मांके नाम पर ब्लकमैेल करनेमेंकामयाब हों जाएंगे?क्या वो काम करनेके लिए राजी होगा? क्या इन लोगों का उसके पिता से भी कोई संबंध है?

# 6

वेदान्त इस वक्त उस बड़ेसेबिल्डिगं के कांफ्रेंस हॉल मेंबठा ैहुआ था। वहांपर उसके साथ मेंदनुि या भर के जानेमानेलोग बठै ैहुए थे। यहांपर उसेइस ऑर्गेनाइजेशन के इरादों के बारेमेंपता लगा। वेदान्त अब किसी भी तरह सेवहांसेबाहर आना चाहता था। उसेसमझ मेंनहींआ रहा था कि अब उसेक्या करना चाहिए। "वेदान्त हम चाहतेहैंकि तमु हम लोगों के लिए काम करो। अगर तमु हमारेलिए काम करतेहों तो हम तमुहारी हर मनोकामना परूी कर देंगे।" उस अजीब सेआदमी नेजिसनेकालेरंग का कोर्ट पहना हुआ था, वेदान्त सेकहा। "नहींतमु अपराधी लोग हो, मैंतमुहारेअपराधों के काम मेंकभी भी तमु लोगों का साथ नहीं दंगा। तमु लोग काननू के हाथ सेनहींबच सकतेहो।" वेदान्त नेचिल्लातेहुए कहा। "तमुहेंहमारेलिए काम करना ही होगा, अगर तमु हमारेलिए काम नहींकरोगेतो तमु बड़ी मसीबत ुमें पड़ जाओगे " वो शख़्स बोल पड़ा। "क्या मतलब हैतमुहारा? मझुे अपनी कोई फिक्र नहीं, लेकिन मैंअपराध के काम को अजामं नहीं दंगा। " वेदान्त नेसाहस सेकहा। "तमुहेंऐसा करना ही होगा बच्चें। माना कि तमुहेंअपनेआप की फिक्र नहीं है। लेकिन तमुहेंअपनी मांकी तो फिक्र है।" उस आदमी नेवेदान्त को चेतावनी देतेहुए कहा। येबात सनकर ुवेदान्त तमतमा गया था। उसनेचिल्लातेहुए कहा, "क्या मतलब हैतमुहारा, तमु अपनी गंदी जबान सेमेरी मांका नाम मत लो!" "मतलब तो बहुत साफ़ है, अगर तमनु हमारेलिए काम नहींकिया तो हम तमुहारी मांको मार देंगे " उस शख़्स नेदोबारा कहा। उसके ऐसा कहतेही वेदान्त की आखं ों मेंआसं ूआ गए।

वो समझ चका था कि वो जरुर किसी मसीबत मेंफंस गया है। "लेकिन सिर्फ मैंही क्यों, तमु येकाम किसी और सेभी तो करवा सकतेहो?" वेदांत नेरोतेहुए पछा। "हम तमसु येकाम इसलिए करवाना चाहतेहैंक्योंकि तमु विक्रम अरोड़ा के इकलौतेबेटेहो और जिस तरह सेबाप के संपति पर बेटेका हक होता हैं, उसी तरह सेबाप के छोड़ेगए अधरूकामों को भी बेटेको ही परा करना पड़ता है।" सामनेबठैे आदमी नेवेदान्त सेकहा। अपनेपिता का नाम उसके मंहु सेसनन ुके बाद वो चौंक पड़ा, उसेसमझ मेंनहींआ रहा था कि वो आदमी जिसेवेदान्त जानता तक नहीं उसनेअचानक सेउसके पिता का नाम क्यों लिया है। "कौन सा काम? क्या मेरेपिता तमु लोगों के साथ काम करतेथे? कौन सा काम उन्होंनेअधरा ू छोड़ दिया। " वेदांत नेकहा। "विक्रम अरोड़ा हमारेसाथ काम किया करतेथे। और आज जो तमु शहर के सबसेरईस परिवार बनेहुए हो ना उसमेंइस संगठन का बहुत बड़ा हाथ है।" सामनेबठैे शख्स नेवेदान्त सेकहा। जब वेदान्त नेयेसना ु तो उसके होश उड़ गए, "मेरेपापा और एक अपराधी संगठन के लिए काम करते थे, नहींऐसा नहीं हो सकता है, मेरेपापा ऐसा नहींकर सकतेहैं" वेदान्त मन ही मन बदबु दाया। "क्या सोच रहेहो तमु ? यहींना कि क्या तमुहारेपापा बरेुआदमी थे? मेरा जवाब होगा नहीं, वो बरेु आदमी नहीं थे, हर किसी को हक हैपसा ै कमानेका। चाहेंरास्ता कोई भी हो" उस आदमी नेवेदान्त को समझातेहुए कहा। " लेकिन वेकिस तरह का काम करतेथे, और उन्होनेंकौन सा काम अधरा ू छोड़ दिया, जो तमु मझसु े करवाना चाहतेहो।" वेदान्त नेकहा। "हर धर्म की किताब मेंकयामत का जिक्र है। जब धरती अपनेअतं के कगार पर चली जाएगी और धीरे धीरेमानवता खत्म हो जाएगी। हम लोगों को कयामत के समय की धरती पर टेलीपोर्ट करतेहैं, और जो वहांपर सर्वाइव कर जाता हैऔर हमारेलिए वहांसेमरेहुए इन्सान जो जॉम्बीज मेंबदल चके ुहैंउनका शरीर लाता है, उनको हर शरीर के बदलेलाखों रुपए का इनाम हमारी ऑर्गेनाइजेशन की तरफ सेदिया जाता है।" उस आदमी नेवेदांत सेकहा। इस वक्त टेबल पर मौजदू तमाम लोग चपु चाप बठैे हुए थेऔर केवल सामनेबठाै हुआ शख्स वेदान्त सेबातेंकर रहा था। "लेकिन तमु लोग उन जॉम्बीज के

शरीर का करतेक्या हो? वेदान्त नेपछा। "दिनु या भर मेंहमारेकई लबै हैजहांपर हम उन जॉम्बीज के शरीर मेंइंसानी DNA डालकर डवले प्ड ह्यूमनू मेंबदलतेहैं। उन्हीं डवले प्ड ह्यूमनू की मदद सेहम दिनु या भर मेंअपराधों को अजाम ं देतेहैं।" उस शख्स नेवेदान्त सेकहा। वेदांत नेजब येसब सुना तो हैरान रह गया। वो समझ नहींपा रहा था कि केवल पसै के लिए कोई इस तरह सेमानवता के साथ खिलवाड़ कैसेकर सकता हैं। इन लोगों के खतरनाक इरादेजानकर वो हैरान हो चुका था। "तो मैंतुम लोगों की मदद कैसेकर सकता हुं" वेदान्त नेकहा। "तुम्हारेपिता हमारेसबसेबेहतर टेलीपोर्टर थे, उन्होनेंहमारेलिए कई साल तक सकैंड़ों जॉम्बीज की बॉडी को भेजा। वो हर साल कयामत की दिनु या मेंजाया करतेथेऔर वहांसेजॉम्बीज के शरीर को साथ मेंलेकर आया करतेथे। तुम भी उनके ही बेटेहो, इसलिए तुम्हारेअन्दर भी उनका ही खुनू हैऔर इसलिए तुम भी हमारेलिए बेहतर काम कर सकतेहो" उस आदमी नेवेदान्त का जवाब देतेहुए कहा। "मैंसमझा नहीं, क्या मुझे सिर्फ़ इसलिए भेजा जाएगा क्योंकि मैंविक्रम अरोड़ा का बेटा हूं" वेदान्त ने पछा। "हां! तुम्हारेअन्दर भी उनका ही डीएनए है। और हमनेबचपन सेही तुम्हारेएकेडमिक्स पर नजर रखी हुई है। तुम पढ़ाई मेंभी बहुत होशियार है। तुम जरुर बहुत बेहतर टेलीपोर्टर बन सकतेहो" उस आदमी ने वेदान्त के सवालों का जवाब देतेहुए कहा। "मेरेपिता नेकौन सा काम अधुरा छोड़ दिया है , येतो बताओ" वेदान्त नेपछा। "हमारेसाथ उनका 10 सालों का कॉन्ट्रैक्ट था कि वो हमारेलिए काम करतेरहेंगे। उन्होनेंलगातार 7 साल हमारेलिए काम भी किया, लेकिन एक बार जब वो कयामत की दिनु या मेंगए तो वो वहांसेवापस नहींआए। तबसेहमनेकई टेलीपोर्टर को हायर किया है, लेकिन तुम्हारेपिता सेबेहतर कोई नहीं है।" उस आदमी नेकहा। "अब तुम्हेंहमारेलिए 3 सालों तक काम करना होगा। तुम्हेंवहांसेहमारेलिए जॉम्बीज के शरीर को लाना होगा। हम इसके लिए तुम्हेंपसैं भी देंगेजो तुम्हारेबकैं एकाउंट मेंट्रांसफर कर दिया जाएगा। हां लेकिन अगर तुम नेहमारेसाथ धोखा करनेकी कोशिश की या काम करनेसेमना किया तो याद रखो, हम तुम्हारी मांको मार देंगे।" उस आदमी नेधमकी भरेलहजेमेंकहा। वेदांत

अत्यंत दखीु हों गया था। उसेसमझ नहींआ रहा था कि अब उसेक्या करना चाहिए। सवाल उसकी मांका था। अगर वो इन लोगों के लिए काम करनेसेमना कर देता हैतो वेलोग उसकी मांको मार देंगे, लेकिन अगर काम करनेके लिए हांकह दिया तो हो सकता हैकि वो भी उस दनिुया सेवापस नहींआ पाए। "मेरेपिता जिंदा हैया नहीं" वेदान्त नेअचानक सेउन लोगों सेसवाल पछा। ू " हमेंइस बारेमेंकोई जानकारी नहीं है। लेकिन चांस येहैंकि उनकी मौत हो गई है, लेकिन उनके जिंदा होनेकी संभावना को भी नहीं झुठलाया जा सकता है। जब वो आखिरी बार गए, तो कुछ दिनो के बाद उनसेहमारा संपर्क टूट गया था।" पास मेंबैठेएक दसरुे आदमी नेकहा। ऐसा पहली बार हुआ था कि उस कांफ्रेंस टेबल पर बठेैहुए किसी दसरेु आदमी नेवेदान्त का जवाब दिया हो। वेदांत येबात समझ चकाु था कि अगर वो अपनेपिता के बारेमेंपता लगाना चाहता हैतो उसेधरती के दसरेू आयाम मेंजाना ही होगा। वहींजाकर उसेउसके पिता के बारेमेंजानकारी मिल सकती है। "लेकिन मैंअपनी मांको क्या कहूंगा? मेरेपापा तो बिजनेस टूर का बहाना लगाकर चलेजातेथे, लेकिन मैंकैसेजा सकता हुं" वेदान्त नेउस कांफ्रेंस मेंबैठेहुए तमाम लोगों सेपछा। ू "उसकी चिता ंतमुु मत करो। हम इसका इंतजाम कर देगें। तमुहारी मांतमुहेंवहांभेजनेके लिए तयारैं हो जाएगी।" सामनेकी कुर्सी पर बठेैआदमी नेवेदांत सेकहा। वेदान्त कुछ भी समझ नही पा रहा था कि उसकी मांजो उसेएक दिन के लिए भी कहींनहींभेजना चाहती हैवो उसेकैसेइतनेदिनो के लिए भेज सकती है। वेदांत को येभी समझ नहींआ रहा था कि उसेवहांपर जाना चाहिए या नहीं। अगर वो वहांजाता हैतो अपनेपिता की तरह इन लोगों के अपराधों मेंशामिल हो जाएगा और अगर वो वहांजानेसेमना करता है तो उसकी मांकी जान चली जाएगी। वेदान्त बीच मझधार मेंफंस चकाु था जहां उसेआगेकुआंऔर पीछेखाई दिखाई देरही थी। "तमनेु ुउस जगह की कुछ तस्वीरेंदेखी हैं, क्या तमु वहांकी वीडियो फुटेज देखना चाहोगे?" उनमेंसेएक आदमी नेखड़ा होतेहुए कहा। वेदान्त कुछ भी बोल नहींपाया, उसनेकेवल हांमेंअपना सिर हिलाया। वह आदमी उस कांफ्रेंस हॉल के सटरेें दीवार पर लगेहुए बड़ेस्क्रीन के पास गया और वहांसेबटन दबाकर वीडियो

फुटेज चालूकर दिया। उस फुटेज को देखकर वेदान्त के पांव तलेजमीन खिसक गई। हालांकि उन तस्वीरों के जरिए उसे आइडिया लग गया था कि येजगह खतरनाक होनेवाली है। लेकिन फुटेज तो कुछ और ही कहानी बता रहीं थी। वो जगह कल्पना सेभी अधिक भयावह लग रही थी। चारों तरफ मानव और जीव जंतुमर गए थे या फिर मारेजा रहेथे। हर तरफ आग लगी हुई थी। जमीन पर खनू की नदियांबह रही थी। "ऐसेऐसेजगह पर तमु लोग मझुे भेजना चाहतेहो" वेदांत नेकहा। "जी हां! और तमुहारेपिता अनगिनत समय तक उस जगह पर रहेथे। मझु ेपरा ु विश्वास हैकि तमु भी वहांसर्वाइव कर लोगे। वहांजाकर तमुहेंकई तरह के टास्क मिलेंगेजो वहांके शक्तिशाली सिस्टम के द्वारा तय किए जाएंगे। वहांपर कई शक्तिशाली प्राणी होंगेजो तमुहारेआसपास ही लड़तेमरतेमिलेंगे। तमुहेंवहांपर अपनी शक्तियोंमेंइजाफा करतेरहना होगा तभी तमु उस जगह पर जीवित रह पाओगे। इसके लिए तमुहेंकाइर्स का आदान प्रदान करना होगा। क्योंकि कयामत के बाद की दनिु या मेंसब कुछ काइर्स की मदद सेही होता है।" उस आदमी नेवेदान्त को मोटा मोटा आइडिया देदिया था कि उसेक्या करना होगा। हालांकि वहांके हालातों और खतरों का असली अदाजां तो वेदांत को उस जगह पर जाकर ही लगनेवाला था। वेदांत सब कुछ समझ चका ू था कि क्यों उसका पीछा किया जा रहा था? वेदान्त को उन तस्वीरों का मतलब भी पता लग गया था। वो अभी भी निर्णयर्ण नहींलेपा रहा था कि उसेक्या करना चाहिए। लेकिन तभी उसेयाद आया कि उसकी मां, उस दिन वहींआदमी जो उसका पीछा किया करता था उससेमिली थी। "तमुहारा एक साथी जो लगातर मेरा पीछा किया करता था, वो उस दिन मेरेघर मेंभी आया था और मेरी मांसेचिल्लाकर बात कर रहा था? वो उनसेक्या बात कर रहा था?" वेदान्त नेउन लोगों सेपछा। ू "तमुहारेपापा नेइस संगठन के जरिए करोड़ो रुपए कमाए और उससेएक बड़ा सा साम्राज्य खड़ा कर दिया। वो वहांसेपसेै लातेऔर यहांपर अपनेटेक्सटाइल की बिजनेस मेंलगातो। उन्हेंकभी भी इन्वेस्टमेंट की कमी नहीं हुई लेकिन उनकी मौत के बाद तमुहारी मांनेजब बिजनेस संभाला तो उन्होनें इन्वेस्टमेंट के नाम पर लोन लिया और वो लोन उन्होंनेहमारेसंगठन के

द्वारा ही चलाए जा रहे कॉरपोरेट बकैं सेलिया था। हमनेजान बझकर वो लोन उन्हेंदिया था ताकि वक्त आनेपर उन्हेंब्लकमैल किया जा सके।" उस आदमी नेकहा। वहांमौजदू तमाम लोग उसकी बात सनकर हंसनेलगे। वेदान्त का तो जसैं काटो तो खनू नहींवाली हालत हो गई थी। उसनेउस आदमी सेदोबारा पछा, "कितना कर्जीहैहमारेऊपर" "परेे 100 करोड़" उस आदमी नेकहा। इस रकम का तो नाम सनकर ही वेदान्त का परा शरीर ठंडा पड़ गया। वो खामोश हो गया था। "येभी कारण हैतमुहारा वहांजानेका? तमु केवल वहांपर ही काम करके इतनेपसैं जमा कर सकतेहो। वरना यहांतमुहारेघर और बिजनेस पर हमारेसंगठन के द्वारा चलाए जा रहेकॉरपोरेट बकैं का कब्जा हो जाएगा।" उस आदमी नेकुटिल हंसी हंसतेहुए कहा। क्या वेदान्त वहांजानेके लिए तयारै हो जाएगा? क्या उसकी मांउसेजानेदेगी? क्या वो अपनेपिता के बारेमेंपता लगा पाएगा? और कौन कौन सेखतरेउसका इंतज़ार कर रहेहैं?

# 7

वेदांत को पहली बार उसके पिता की सच्चाई पता चल गई थी। उसेपता चल गया था कि उसके पिता एक ऐसेसंगठन के लिए काम किया करतेथे, जो दनिु या भर मेंचल रहेअपराधिक गतिविधियों मेंलिप्त था। इसके साथ ही उसेइस संगठन के लोगों के इरादों के बारेमेंभी पता चल चकाु था। उसेपता चल चकाु था कि इस सगंठन नेउसकी मांको केवल इसलिए लोन दिया था ताकि समय आनेपर उसेब्लैक मेल कर सकें। वेदान्त नेअपनी घड़ी देखी, वो एकदम सेहताश हो गया। "3 बज चकेु हैं। मेरी मांमझु े हर जगह ढूंढ रही होगी। अगर मैंजल्दी सेउनके पास नहींगया तो वो कितनी परेशान हो जाएगी" वेदांत नेमन ही मन सोचा। "मेरी मांमझु े तलाश कर रही होगी, मैंअब यहांसेजाना चाहता हुं" वेदान्त नेकहा। "क्या तमु उस जगह पर कुछ पल के लिए जाकर वहांकी दनिु या का अनभवु नही करना चाहतेहो अभी। हम तमु हें 5 मिनट के लिए वहांभेज सकतेहैं, ताकि तमु वहांके हालातों का जायजा लेसको" कांफ्रेंस रूम के उस कांफ्रेंस टेबल पर वेदान्त के सामनेबठै आदमी नेकहा। "नहींअभी मैंतरुंत अपनी मांके पास जाना चाहता हुं, मेरी मांमेरा इंतज़ार कर रही होगी" वेदान्त ने कहा। इधर दसर ू ी तरफ वेदान्त के घर मेंवेदान्त की मांका रो रो कर बराु हाल है। जब वेदांत तय समय के 1 घंटेबाद तक घर नहींआया तो मिसेज अरोड़ा नेअनन्या और आदित्य को फ़ोन कर दिया था, वेदोनों भी परेशान होकर वेदान्त के घर आ चकेु थे, क्योंकि वेदान्त नेकोई भी बात अपनेदोस्तो को भी नहींबताया था। "पता नहींकहा होगा मेरा बेटा, आज तक ऐसा

नहीं हुआ कि वो मझु ेबिना बताए कहीं चला गया हो, वो ठीक होगा या नहीं?" मिसेज अरोड़ा नेरोतेहुए कहा। अनन्या उन्हेंचपु करानेकी कोशिश कर रही थी। उसनेवेदान्त की मांसेकहा, "हौसला रखो आटं ी, वेदान्त को कुछ भी नहीं हुआ होगा, वो जल्द ही आपके पास लौट आएगा। " भलेही अनन्या सांत्वना दे रही हों, लेकिन अन्दर सेवो भी डर रही थी। "मनैेकमिश्नर अकलं को फ़ोन कर दिया है। उन्होनेंमझसु ेकहा हैकि पलिु स की एक टीम वेदांत को ढूंढनेजा रही है, वो जल्द ही उसेढूंढ़ लेंगे " आदित्य नेभी मिसेज अरोड़ा को हौंसला देतेहुए कहा। "वेदान्त तो आज स्कूल भी नहींआया, जब वो घर सेस्कूल जानेके लिए निकला तो फिर गया कहां?" अनन्या नेआदित्य की तरफ देखतेहुए कहा। अनन्या की येबात सनकरु मिसेज अरोड़ा और जोर जोर से रोनेलगी। "आज तक कभी ऐसा नहीं हुआ कि वेदान्त नेक्लास बंक किया हो और वो भी अकेले। जरुर कोई राज छिपा हुआ है, उसके इस तरह सेगायब हो जानेमें। पता नहींकहा होगा वेदांत " आदित्य बदबु दाया। "अब हमेंक्या करना चाहिए आदित्य? क्या तमुहारेदिमाग मेंकोई आइडिया है?" अनन्या नेआदित्य की ओर देखतेहुए कहा। "नहीं, मझु ेभी कुछ समझ मेंनहींआ रहा कि हमेंक्या करना चाहिए? मनैेपलिु स को पहलेही खबर कर दी है, वो उसेढूंढ़ ही रहेहैं। हम इसके अलावा और कर भी क्या सकतेहैं " आदित्य नेकहा। तब तक कमिश्नर अकलं भी घर आ गए। उन्होनेंभी मिसेज अरोड़ा को सांत्वना देतेहुए कहा कि वेलोग परा ुप्रयास कर रहेहैंऔर जल्द ही वेदान्त को ढूंढ लिया जाएगा। "तमु लोग वेदांत के दोस्त हो, क्या कुछ ऐसा हुआ था जो उसनेतमुहेंबताया हो? और जो तमु लोगों को अजीब लगा हो।" पलिु स कमिश्नर नेकहा। "अकलं पिछलेकुछ दिनों सेएक कालेकपड़ेवाला आदमी वेदान्त का पीछा कर रहा था। उसके पीछा करनेके कारण पिछलेकुछ महीनों सेवेदान्त तनाव मेंरहता था। मझु ेलगता हैकि उसके गायब होनेका कारण भी वही अजीब आदमी है" आदित्य नेकहा। "क्या वेदान्त नेउस आदमी के बारेमेंआपसेभी बताया था?" कमिश्नर नेमिसेज अरोड़ा सेपछा। "हां उसनेमझु ेभी बताया था कि पिछलेकुछ समय सेएक कालेकपड़ेवाला अजीब सा आदमी उसका पीछा किया करता था। वो

उससेबहुत परेशान भी रहता था " मिसेज अरोड़ा नेकहा। हालांकि उन्होनें लोन की बात कमिश्नर सेछुपा ली थी क्योंकि वो नहीं चाहती थी कि शहर के लोगों को पता चलेकि उनके ऊपर इतना अधिक कर्जाहैऔर शहर मेंउनकी हनक कम पड़ जाए। "तो येबात आप लोगों नेमझुे पहलेक्यों नहींबताई?" पलिुस कमिश्नर नेपछा। "दरअसल वेदान्त नेहम लोगों सेकहा था कि वो खदुही इस बारेमेंपता लगाना चाहता है, इसलिए हम लोगों नेआपसेकुछ भी नहींकहा।" आदित्य नेकहा। "तमुलोगों नेमझुे नहींबता कर बहुत बड़ी गलती कर दी है। चलो अब क्या ही कर सकतेहैं, मैंजल्द ही उसका पता लगा लंगा। मनैे पलिुस फोर्स को इसके लिए रवाना कर दिया है।" कमिश्नर नेकहा। "बाकि तमुलोग इस बात का जिक्र किसी और के सामनेमत करना, वरना दिक्कत हो सकती है।"पलिुस कमिश्नर नेआगेकहा। पलिुस कमिश्नर इतना बोल के वेदांत के घर सेचलेगए। मिसेज अरोड़ा के आसंू अभी भी रुकनेका नाम नहींलेरहा था। अनन्या और आदित्य एक बार फ़िर सेउन्हेंदिलासा देनेलगे। इधर कांफ्रेंस रूम मेंवेदान्त को टेबल के चारों ओर बठैे लोग उस जगह के बारेमेंबता रहेथे। वेउसेवहां पर किस तरह जीवित रहना हैऔर किस तरह सेजॉन्बीज़ को मारना हैइसके बारेमेंबता रहेथे। वेउसे वहांपर किस तरह के टास्क मिलेंगेऔर उन्हेंकैसेपराु करना हैउसके बारेमेंबता रहेथे। "अब तमुजा सकतेहो! तमुहारेपास 5 दिनों का वक्त है। उसके बाद तमुहेंवहांपर जाना होगा और अगर तमनुे वहांजानेसेइंकार किया तो तमुजानतेही हो हम क्या कर सकतेहैं।" सामनेबठैे आदमी ने वेदान्त सेकहा। वेदांत को कुछ भी समझ नहींआ रहा था कि उसेअब और क्या करना चाहिए। वो उठा, एक गार्ड उसे बाहर तक छोड़नेके लिए आ गया। वेदान्त धीमी कदमों सेबिल्डिगं सेबाहर आ गया। वो जल्दी सेजल्दी घर पहुंच जाना चाहता था। उसेपता था कि उसकी मांउसेतलाश रही होगी। वो अपनेघर की ओर निकल गया। वेदान्त अब अपनेघर पहुंच गया था। उसनेदरवाजेपर खड़ेहोकर बेल बजाया। मिसेज अरोड़ा उठी और उन्होनेंवेदान्त के लिए दरवाजा खोल दिया। उसेदेखतेही उनके दोनों आखं ों सेआसंओुं की बरसात होने लगी। मिसेज अरोड़ा नेआगेबढकर अपनेबेटेको गलेलगा लिया। अनन्या और आदित्य भी

पास मेंआकर खड़ेहो चुके थे। उन दोनों की आंखों ेसेभी आसूं बहनेलगे। "कहां चलेगए थेतुम, पता भी हैमैंकितनी परेशान हो गई थी"मिसेज अरोड़ा नेवेदान्त सेकहा। वेदान्त अपनी मांको सच नहींबताना चाहता था, उसनेकहा, "वो मांमैंजब स्कूल जा रहा था तब मनैे रोड पर एक एक्सीडेंट होतेदेखा था, मैंउसेलेकर हॉस्पिटल चला गया। उसी मेंमझुे इतना समय लग गया।" "तो तमनुे मझुे बताया क्यों नहीं" मिसेज अरोड़ा नेवेदान्त के ऊपर गुस्सा करतेहुए कहा। "मां, भागदौड़ के चक्कर मेंयेसब मेरेध्यान सेउतर गया था, इसलिए मैंआपको बता नहींसका।" वेदांत नेअपनी मांसेकहा। "चलो कोई बात नहीं, अब तो तुम आ गए हो, तुम जानतेहो कि तमुहारेबिना मैंकितनी परेशान हो जाती हुं " मिसेज अरोड़ा नेकहा। "अगर आप दोनों मांबेटेका दुलार हो गया हो तो जल्दी सेखाना लगा दो, मझुे बहुत जोर सेभखू लगी है।" अनन्या नेकहा। उसकी बात सनकरु सभी लोग हंसनेलगे। मिसेज अरोड़ा नेतीनों बच्चों के लिए एक साथ ही खाना लगा दिया। वेदान्त खाना भी नहीं खा पा रहा था, कई सारी बातेंथी जो उसेपरेशान कर रही थी। "क्या सोच रहेहो तुम, बताओ हम लोगों को?" आदित्य नेवेदान्त की ओर देखतेहुए कहा। "कुछ भी तो नहीं" वेदान्त नेझपतेे हुए कहा। सब लोगों नेखाना खा लिया तब तक शाम हो चकुी थी। अनन्या और आदित्य घर जानेके लिए तयारै हो गए। "अच्छा आटंी अब हम चलतेहैं। आप लोग अपना ख्याल रखिएगा" आदित्य नेमिसेज अरोड़ा से कहा।अनन्या और आदित्य नेउसके बाद वेदान्त को और मिसेज अरोड़ा को बाय बोला और वेदोनों वहां सेचलेगए। मिसेज अरोड़ा नेउसके बाद वेदान्त की ओर रुख किया, उन्होनेंवेदान्त सेकहा, "सच बताओ तुम, क्या सच मेंतुम रोड पर एक्सीडेंट के कारण लेट आए हो, या फिर कुछ ऐसा हैजो तुम हम लोगों सेछुपा रहे हो" "नहींमांऐसा कुछ भी नहीं है, मैंआपसेकुछ भी नहींछुपा रहा हुं। मैंसच मेंरोड ऐक्सिडेंट मेंकिसी की मदद कर रहा था।" वेदान्त नेअपनी मांका जवाब देतेहुए कहा। हालांकि मिसेज अरोड़ा के मन मेंइस बात को लेकर अभी भी संदेह उत्पन हो रहा था, लेकिन उन्होनेंउसके बाद भी वेदांत सेकुछ नहींबोला। वेदांत अपनेकमरेमेंचला गया था, वहां उसनेइंटरनेट पर उस ऑर्गेनाइजेशन के बारेमेंजानकारी

तलाशनेकी कोशिश की। लेकिन उसेइंटरनेट के जरिए कोई भी जानकारी नहींमिल पाई। "ऐसा कैसेहो सकता है, जिस ऑर्गेनाइजेशन मेंदिनु या भर के बड़ेबड़ेलोग शामिल हैंउसके बारेमेंएक भी जानकारी पब्लिक डोमेन मेंउपलब्ध नहीं है। और ना ही किसी वेबसाइट नेइसके बारेमेंजानकारी महैया कराई है।" वेदान्त नेमन ही मन सोचा। तभी उसेउस आदमी की बात याद आ गई जो उसके बगल की कुर्सी पर कांफ्रेस हॉल मेंबठा हुआ था। उसनेवेदान्त सेकहा था कि येसंगठन इतनी गोपनीयता के साथ काम करता हैकि बहुत कम लोग इस बारेमेंजानतेहैंकि असल मेंयेसंगठन क्या करता है। दिनु या की नजरों मेंतो येमहज वज्ञै निकों का एक समहू मात्र था जो किसी विषय पर अध्ययन कर रहा था। वेदान्त के मन मेंकई तरह के ख्याल उत्पन होनेलगे। वो सोच भी नहींपा रहा था कि उसेधरती के उस आयाम मेंजाना चाहिए या नहीं। एक वक्त उसके दिमाग मेंख्याल आता था कि अगर वो उस दिनु या में गया तो इंसानियत का दश्मुन बन जाएगा और एक समय उसके दिमाग मेंआता था कि अगर वो वहांपर नहींगया तो वेलोग उसकी मांको मार देंगे। उसेअदाजा ं हो गया था कि इस संगठन के लोग कितने खतरनाक है। वेलोग अपनेइरादेको परा ु करनेके लिए कुछ भी कर सकतेथे। वेदांत अपनेबिस्तर पर बठेॅ बठेॅ यही सब सोच रहा था। तभी मिसेज अरोड़ा उसके कमरेके अन्दर आई। वो किसी सोच मेंडूबी हुई थी, उसनेआतेही वेदांत सेकहा, "वेदांत कुछ ऐसा हैजो मैंतमसु बताना चाहती हुं " "बताओ ना मां, बताओ मझु ,ॅ ऐसी कौन सी बात हैजिसनेतमुहंॅपरेशान करके रखा हुआ है" वेदान्त ने अपनी मांसेपछतू हुए कहा। "बेटेतमुहारेपिता की मौत के बाद बिजनेस मेंतगड़ा घाटा हुआ और उसकी भरपाई करनेके लिए मनेॅ एक कॉरपोरेट बकैं सेलोन लिया था। " मिसेज अरोड़ा नेवेदान्त को पहली बार येबात कही थी। आज भी उन्होनेंकेवल इसलिए येबात कहा रह क्योंकि उन्हेऐसा लग रहा था कि वेदांत के गायब होनेमेंउन्हीं लोगों का हाथ हैजिनसेउन्होनेंलोन लिया था। वेइस बात को भी जानती थी कि वहींबंदा जो उनके घर मेंलोन की वसलू ी करनेके लिए आया हुआ था, उसी नेवेदांत का पीछा भी किया था। हालांकि मिसेज अरोड़ा को उस अपराधिक संगठन के बारेमेंकोई

जानकारी नहीं थी। वेदान्त को तो इस बात की जानकारी उसी वक्त मिल गई थी जब वो उस संगठन के कॉन्फ्रेंस हॉल मेंथा। उसके बाद भी उसनेअपनी मांके सामनेनाटक करतेहुए कहा, "क्या बात कर रही हो मां, आपनेमझुे ये सब पहलेक्यों नहींबताया। अब हम उन्हेंवो लोन कैसेचका पाएंगे। और अगर हमनेउन्हेंवो लोन नहीं दिया तो वेहमारेघर पर और परूी प्रॉपर्टी पर कब्जा कर लेंगे। फिर तो हम सड़क पर आ जाएंगेमां " वेदान्त इस वक्त अपनी मांसेबहुत नाराज़ नजर आ रहा था, तभी उसके मोबाईल पर एक मसैेज आया जिसनेउसेचौंकनेपर मजबरू कर दिया। "अगर अपनी मांकी सलामती चाहतेहो तो कल सबहु मेंहमारेबिल्डिगं के अन्दर आ जाना। और हांयाद रखना किसी भी तरह की चालाकी बर्दास्त नहींकी जाएगी" वेदान्त नेमसैेज को मन ही मन पढ़ा। किसनेकिया था येमेसेज? संगठन के लोग दोबारा वेदांत को उसी बिल्डिगं मेंक्यों बला ु रहेथे? क्या कोई खतरा वेदान्त का इंतज़ार कर रहा था? जाननेके लिए सनतुे रहिए पॉकेट एफएम।

# 8

वेदान्त घर वापस आ चुका था। वो रात मेंसोनेकी कोशिश ही कर रहा था कि तभी उसके मोबाईल पर एक मसैज आया, "अगर अपनी मांकी सलामती चाहतेहो तो कल सबहु मेंहमारेबिल्डिगं के अन्दर में आ जाओ " वेदान्त यह मसैज पढ़कर चौंक पड़ा। "अब क्या हुआ, मसैज पढ़कर तो यही लग रहा हैकि येउसी संगठन के लोगों के द्वारा भेजा गया है। अब उन लोगों को मझसु क्या काम है?" वेदान्त नेमन ही मन सोचा। उसका मन कई तरह के आशंकाओंसे घिर चुका था। वेदान्त थक कर चूर हो गया था। आज परेदिन वो परेशानियों मेंघिरा हुआ था और अब एक बार फिर से उस मसैज नेउसेपरेशानी मेंडाल दिया था। वेदान्त नेसोचा कि क्या इसके बारेमेंउसेमांसेबात करनी चाहिए, या फिर कमिश्नर अकलं को सबकुछ बता देना चाहिए। हालांकी उसेइस बात का डर भी था कि अगर उसनेकमिश्नर को सब कुछ बता दिया तो वेअपराधी लोग उसकी मांकी हत्या कर देंगे। वेदान्त नेनिर्णयर्ण कर लिया था कि चाहेंजो कुछ हो जाए, इस बात का पता वो खदु लगानेजाएगा कि ये मसैज उसेकिसनेऔर क्यों भेजा हुआ था। येसब सोचतेसोचतेवेदान्त की आखं लग गई। सबहु मेंअलार्म की आवाज नेउसेउठा दिया वो उठा और मांके कमरेमेंसीधेचला गया। दोबारा उसके फ़ोन पर किसी अनजानेनम्बर सेफोन आया। "क्या मेरी बात वेदांत अरोड़ा सेहो रही है।" फोन पर सामनेके आदमी नेपछा। "जी हां! मैंवेदांत अरोड़ा हुं बताइए मझु क्या बात है" वेदांत नेउस आदमी का जवाब देतेहुए कहा। "मैंवर्ल्ड सीक्रेट आर्गनाइजेशन सेबोल रहा हुं। आपके घर

के सामनेमेंएक पीलेकलर की वनै लगी हुई है आप उसमेजाकर बठै जाइए।" उस आदमी नेकहा। "लेकिन मेरी मां, मेरी मां इस वक्त सोई हुई है। मैंउसेक्या कहूंगा और अगर मैंउनसेबिना पछूे चला गया तो फिर वेकितनी परेशान हो जाएगी" वेदान्त नेफोन पर उस आदमी सेकहा। "आप उनसेकेवल इतना ही कह दीजिए कि आप अपनेएक दोस्त के पास जा रहेहैं। और याद रखिएगा आदित्य या फिर अनन्या का नाम मत लेना, वरना आपकी मांउन्हेंफ़ोन करके पता लगा सकती है।" उस आदमी नेकहा। वेदान्त चौंक पड़ा था उसेसमझ नहींआ रहा था कि ऐसा कैसेहों सकता है। कैसेउस आदमी को उसके दोस्तों के बारेमेंपता है। "आपको, आपको येकैसेपता कि आदित्य और अनन्या मेरेदोस्त हैं" आदित्य नेहकलातेहुए उस आदमी सेपछा। "मझुे आपके बारेमेंऔर आपके दोस्तों के बारेमेंबहुत सारी बातेंपता हैं। हमारा संगठन बहुत बारीकी से किसी काम को अजामं देता है। इसका अदाजां तो आपको हो ही गया होगा " उस आदमी नेफिर से वेदान्त सेकहा। वेदान्त को येबात तो निश्चित तौर पर समझ मेंआ गई थी कि येकोई मामलूी संगठन नहीं है। इसकी जड़ेबहुत गहरी है। वेदान्त के पास अब कोई भी रास्ता नहींबचा था। वेदान्त, मांके रूम मेंजाता है। वहांजाकर वो सिरहानेके पास खड़ा हो जाता है। "मांउठो जरा " वेदान्त नेमिसेज अरोड़ा सेकहा। वेदान्त की बात सनकरु मिसेज अरोड़ा नेअपनी आखं ंखोल दी। उन्हेंसमझ मेंनहींआ रहा था कि उनका बेटा इतनी सबहु सबहु उनके पास क्यों आया हुआ है। "हां, कहो वेदान्त। तमु आज मझसुे पहलेकैसेउठ गए। तम्हुेंतो हमेशा मैंउठाती हुं ना" मिसेज अरोड़ा ने अपनेबेटेसेकहा। "मांमझुे आज अपनेएक दोस्त के घर जरूरी काम सेजाना है। मैंकुछ ही देर मेंआ जाऊंगा।" वेदांत ने अपनी मांसेकहा। "कौन दोस्त, तमु अनन्या के पास जा रहेहो या फिर आदित्य के घर? और अचानक सेतम्हुेंऐसा कौन सा काम आ गया जो तमु इतनी सबहु सबहु जा रहेहो" मिसेज अरोड़ा नेअपनेबेटेवेदान्त सेकहा। "नहींमां, मैंआदित्य या अनन्या के घर नहींजा रहा हुं। मैंकिसी तीसरेदोस्त के यहांजा रहा हुं। और तमु भी कितनेसवाल पछनूे लगती हो। कहा ना मैंजल्दी ही वापस आ जाऊंगा। बहुत जरूरी काम है इसलिए तो मैंजा

रहा हूं।" वेदान्त नेअपनी मांसेकहा। हालांकि मिसेज अरोड़ा को येबात अजीब लगी। "वेदांत नेतो मझुे ऐसेकिसी भी दोस्त के बारेमेंनहींबताया है? ऐसी क्या बात हो गई कि वो अचानक से जा रहा है।" मिसेज अरोड़ा नेही मन सोचा। हालांकि उन्होनेंवेदान्त को नहींबताया कि उनके मन मेंक्या चल रहा है। "अच्छा ठीक हैबेटा, जाओ और जल्दी ही आ जाना।" मिसेज अरोड़ा नेवेदांत सेकहा। हालांकि आज उनका दिल बहुत ज्यादा घबरा रहा था। वेदान्त नेजब अपनी मांके मंहु सेयह बात सनीु तो वो घर सेबाहर आ गया। उसनेदेखा कि ठीक उसके घर के सामनेएक पीली गाड़ी लगी हुई है। वेदान्त उस गाड़ी के पास चला गया। "आओ इसके अन्दर बठै जाओ।" गाड़ी के ड्राइवर नेवेदांत सेकहा। इतना कहतेही उसनेवेदांत के लिए दरवाजा भी खोल दिया था। वेदांत गाड़ी के अन्दर मेंजाकर बठै गया। ड्राइवर नेगाड़ी आगेबढ़ा दी महज कुछ मिनटों के अन्दर मेंवो गाड़ी उसी बिल्डिगं के बाहर मेंखड़ी थी जहांपर कल वेदान्त को लाया गया था। वेदान्त गाड़ी सेबाहर निकला, जहांपर वही गार्ड उसको रिसीव करनेके खड़ा हुआ था जिसनेउसेकल रिसीव किया था। "आओ वेदान्त स्वागत हैतम्हुारा, वर्ल्ड सीक्रेट आर्गेनाइजेशन में। मझुे चीफ नेआदेश दिया हैकि मैं तम्हुेंरिसीव करू और बिल्डिगं के अन्दर लेकर जाऊं ।" उस गार्ड नेवेदांत सेकहा। "कौन हैतम्हुारा चीफ, क्या उस दिन जो मेरेसामनेकांफ्रेंस हॉल मेंबठाॅ हुआ था वो तम्हुारा चीफ नहीं था?" वेदान्त नेउस गार्ड सेकहा। "वो तो केवल एक प्यादा मात्र था, तम्हु वक्त आनेपर हमारेचीफ सेभी मिल लोगे।" उस आदमी ने वेदान्त सेकहा। वेदान्त सोच मेंपड़ गया कि आखिरकार कौन हो सकता हैइस आर्गेनाइजेशन का चीफ, जिसके इरादे इतनेज्यादा बरुेहैंकि उसनेइस तरह के ऑर्गेनाइजेशन को बनाया है। "किस सोच मेंपड़ गए तम्हु वेदान्त, चलो बिल्डिगं के अन्दर चलतेहैं।" उस गार्ड नेवेदांत सेकहा। इतना कहकर उसनेबिल्डिगं की ओर अपनेकदम बढ़ा दिए। वेदान्त भी उसके कदमों का पीछा करनेलगा। उस गार्ड नेकल ही की तरह अपना कार्ड निकाला और बिल्डिगं के एंट्रेंस गेट पर उस कार्ड को टच किया। वो दरवाजा खलु गया उस दरवाजेके खलतुेही वेदान्त और वो गार्ड अन्दर दाखिल हो गए। जिस की मदद सेएक बार फिर सेवो वेदान्त

को लेकर ऊपर चला गया जहांपर एक केबिन के अन्दर में कुछ लोग उसका इंतज़ार कर रहेथे। वेदांत नेदेखा कि उस छोटेसेकैबिन मेंतीन सेचार लोग इधर सेउधर टहल रहेहैं। उनकी टहलनेकी गति को देखकर अदाजा ं लगाया जा सकता था कि वेलोग कितनी शिद्दत सेवेदांत का इंतज़ार कर रहे थे। वो आदमी जिसेवेदांत नेइस आर्गेनाइजेशन का हेड समझनेकी गलती कर दी थी वही आदमी टेबल के उस पार बठा ं हुआ था। वेदान्त उस केबिन के अन्दर मेंदाखिल हुआ। उस गार्ड नेवहांपर मौजदू लोगों को सलै्यटू किया और वो वहांसेबाहर चला गया। "आओ वेदांत, तमुहारा स्वागत है" टेबल के उस पार बठैेआदमी नेकहा। जिसनेकालेकोट के ऊपर में काला हैट पहन रखा था। "जब कल मैंयहांसेगया ही था तो फिर मझु ेदोबारा यहांपर क्यों लाया गया है। ऐसा क्या हुआ हैकि मझु ेदोबारा यहांपर इतनी सबहु सबहु बलाया ु गया है।" वेदान्त नेकहा। उसके लहजेमेंगुस्सा साफ़ तौर पर देखा जा सकता था। "क्या सोचा तमनु ेवहांजानेको लेकर?" उस आदमी नेवेदांत सेपछा। ू "जब मझु ेआपनेकल ही पांच दिनों का वक्त दिया था सोचनेके लिए तो फ़िर मझु ेअभी क्या यहींपछनू े के लिए बलाया ु गया था।" वेदान्त नेगुस्सेमेंआकर कहा। "हा हा हा। वहांजानेको लेकर तो तमुहारेमन मेंकोई संदेह होना ही नहीं चाहिए। तमु चाहो या फिर नहीं, तमुहेंतो वहांजाना ही होगा।" उस आदमी नेहंसतेहुए वेदांत सेकहा। "तो फिर मझु ेयहांक्यों बलाया ु गया है, मझु ेजल्दी बताओ। मेरी मांघर पर मेरा इंतज़ार कर रही होगी।" वेदान्त नेकहा। "हमनेतमुहेंएक गलती की वजह सेयहांपर बलाया ु है" उस आदमी नेवेदान्त सेकहा। "कौन सी गलती, मनैं ेतो ऐसा कुछ भी नहींकिया। क्या कह रहेहो तमु ? मझु ेकुछ भी समझ मेंनहींआ रहा?" वेदान्त नेकहा। "महीनों सेतमुहारा पीछा किया जा रहा था, उसके बारेमेंतमनु ेअपनेदोस्तों सेऔर अपनी मांसेक्यों बताया। उन्होंनेयेबातेंकमिश्नर सेकही थी। तमुहेंक्या लगा था, तमु अपनेदोस्तों की मदद सेहमारा खलासा ु कर दोगे" उस शख्स नेकहा। वेदान्त नेजब येसना ु तो वो अत्यंत चौंक गया। उसेसमझ मेंनहींआ रहा था कि इन लोगों को येबात कैसेपता लग गई। येबात तो उसनेकेवल अपनेदोस्तों सेऔर अपनी मांसेकही थी। "किसनेयेबातेंबताई होगी। इन

लोगों को इस बारेमेंकैसेपता चल गया? कहींकमिश्नर अकलं ही तो इन लोगों सेनहींमिलेहुए हैं।" वेदान्त नेमन ही मन सोचा। उसके दिमाग मेंइस वक्त कई तरह के विचार उबाल मार रहेथे। तभी वेदान्त को उस गार्ड की बात याद आ गई जिसनेउसेकहा था कि तमु जिस शख्स को इस संगठन का नेता मान रहेथेवो केवल एक सिपाही मात्र था। येखेल कोई और ही कर रहा है। जिसके बारेमेंबहुत कम लोगों को पता है। वेदान्त नेसाहस जटाया और उस आदमी सेपछा, "मैंवहांजानेसेपहलेतमु लोगों के चीफ सेमिलना चाहता हुं" "चीफ सेमिलना उतना भी आसान नहीं है। हांलेकिन मैंतमसुे वादा करता हुं कि तमु वहांजानेसेपहले हमारेचीफ सेजरुर मिलोगे।" उस कालेकपड़ेवालेशख्स नेवेदांत सेकहा। वेदान्त के मन मेंअब चीफ सेमिलनेकी बात घर कर गई उसेसमझ नहींआ रहा था कि कौन होगा इस खतरनाक संगठन का नेता। "तमु अगर चाहो तो हम तमुहेकुछ देर के लिए उस दनिु या मेंभेज सकतेहैं।" उस आदमी नेवेदान्त से कहा। वेदान्त भी समझ चका था कि वो चाहेया ना चाहेउसेवहांजाना तो पड़गाे ही। इसलिए वो भी अब उस दनिु या के अनभवु को महससू करना चाह रहा था। "अच्छा ठीक है, मैंवहांपर जानेसेपहलेइस अनभवु को लेना चाहंगा। मैंकुछ पलों के लिए वहांपर जाने के लिए तयारै हुं" वेदांत नेउस आदमी सेकहा। "आओ मेरेसाथ" उस आदमी नेवेदान्त सेकहा। इतना कहनेके बाद हो वो आदमी उसी लबै मेंजाने लगा जहांपर एक बार वेदान्त को लाया गया था। वेदान्त उसके पीछेपीछेचलनेलगा। सीढियां उतरकर वो शख्स उस लबै मेंदाखिल हुआ। वहांपर बड़ी बड़ी मशीनेंरखी हुई हैथी। जिन्हें देखकर वेदान्त चकित हो गया था। "यही हैवो मशीन जिसकी मदद सेहम किसी को भी कयामत के दिन की दनिु या मेंभेज सकतेहैंऔर वहांसेकिसी को भी यहांला सकतेहैं" उस आदमी नेवेदान्त को एक मशीन दिखातेहुए कहा। वेदान्त नेजब वो बड़ी सी मशीन देखी तो वो अत्यंत चकित रह गया। दिखनेमेंवो मशीन किसी मिसाइल की तरह लग रही थी। "क्या हैये? मनैे इस तरह की मशीन तो केवल फिल्मों मेंही देखी है" वेदांत उस मशीन को देखतेहुए सोचनेलगा। "तमु जिस मशीन को देख रहेहो वो केवल हमारेही पास है। इस टेक्नोलॉजी को बनानेके लिए हमने दनिु या भर के वज्ञैनिकों की

मदद ली थी और उन्हेंया तो पसैों का लोभ देकर या जान की धमकी देकर ये मशीन बनवाया था।" उस आदमी नेवेदान्त को बतातेहुए कहा। "तमु लोग जो कर रहेहों वो मानवता के लिए बहुत बड़ा खतरा है। तमु लोग येसही नहींकर रहेहों। एक ना एक दिन तमु लोग पकड़ेजाओगेऔर काननू के शिकंजेमेंआ जाओगे।" वेदान्त नेकहा। "तब की हम लोग तब सोचेंगे। अभी के लिए तमु वहांजानेके लिए तयार हो जाओ। " उस आदमी ने वेदान्त सेकहा। उसनेहंसतेहुए कहा। " आओ मैंतमुहेबताता हुं कि तमु वहांपर कैसेजा सकतेहो" उस आदमी नेवेदान्त सेकहा। वेदांत को कयामत की दिनु या मेंकिस तरह का अनभवु मिलेगा? इन लोगों का चीफ़ कौन है? क्या वेदांत उससेमिल पाएगा? जाननेके लिए सनतु रहिए पॉकेट एफएम।

# 9

वेदांत एक बार फिर सेवर्ल्ड सीक्रेट आर्गेनाइजेशन के बिल्डिगं मेंथा। वहांपर जब उसेपता चला कि वे लोग वेबातेंभी जानतेहैंजो उसनेअपनेदोस्तों को और अपनी मांसेबताई थी तो उनके आश्चर्य का कोई सीमा नहीं रहा।उसेसमझ नहींआ रहा था कि ऐसा कौन गद्दार हो सकता हैजिसनेयेबातेंइन लोगों तक पहुंचा दी है। इन्हींबातों के बीच मेंफंसा वेदांत कुछ सोच रहा होता है, तभी वेलोग उसेउस अजीब दुनिया मेंकुछ पलों के लिए जानेका ऑफर देतेहैंऔर वेदांत तयार भी हो जाता है। "आओ वेदान्त अब मैंतमुहेंबताता हुं कि उस जगह पर कैसेजाया जा सकता है" कालेकपड़ेवालेआदमी नेवेदांत सेकहा। "लेकिन मैंवहांसेसही सलामत वापस तो आ जाउंगा ना, ऐसा तो नहीं हैकि येतमु लोगों का प्लान है, मझुे वहांपर फंसा देनेकी।" वेदांत के मन मेंअभी भी कई प्रकार के संदेह थे। "हा हा हा! नहींबच्चेंहमारा ऐसा कोई प्लान नहीं हैऔर हमेंऐसा प्लान बनानेकी जरूरत भी नहीं है। हम जानतेहैंकि तमुहेंवहांपर जाना ही पड़गा , चाहेंतमु चाहो या फिर नहीं चाहो" उस आदमी नेहंसते हुए वेदांत सेकहा। उसकी हंसी मेंवेदांत को एक कुटिलता नजर आ रही थी। "जाओ उस मशीन के अन्दर चलेजाओ। तमु जल्द ही कयामत की दुनिया मेंपहुंच जाओगे" कालेकपड़े पहनेआदमी नेवेदांत को एक मशीन की ओर इशारा करतेहुए कहा। वेदांत जाकर उस मशीन के अन्दर मेंबठै गया। वेदांत नेइस तरह की मशीन अपनेजीवन मेंनहीं देखा हुआ था। बाहर सेभलेवो दिखनेमेंएक मिसाइल की तरह नजर आ रहा था। अन्दर सेवो विमान की कॉकपिट की तरह नजर आ रहा था।

उसके अन्दर मेंसकै ड़ों की संख्या मेंबटन था। वेदांत को समझ नहीं आ रहा था कि इतनेसारेबटन का क्या काम है। तभी उसनेअपनेआगेएक माइक लगा हुआ देखा। वेदान्त अपना मंह उस माइक के पास लेकर गया। वेदांत नेमाइक मेंकहा, "मझु ेकुछ भी समझ मेंनहींआ रहा हैकि वहांकैसेजाया जा सकता है। यहांपर इतनेसारेबटन हैकि मझु ेकुछ भी पता नहीं चल रहा है" "मैंयहांसेतमुहेंडायरेक्शन देता हुं। तमु उसी हिसाब सेकरतेजाओ। और मैंइस मशीन को ऑटोमटिे क मोड पर डाल रहा हुं ताकि 10 मिनट मेंयेवापस आ जाए। बस तमुहेंयाद रखना होगा कि चाहेवहांपर कुछ भी हो जाएंतमु इस मशीन सेबाहर नहींजा सकतेहो। अगर तमु इस मशीन सेबाहर गए तो वही फंस कर रह जाओगे।" वेदान्त सेउस कालेकपड़ेवालेआदमी नेकहा। "क्या कोई मेरेसाथ नहींजा सकता है। मेरा मन आशंकित हो रहा है।" वेदान्त नेडरतेहुए उस आदमी से कहा। "नहीं! तमुहेंयेसफर अकेलेही तय करना होगा। तमुहेंवहांपर अकेलेही जाना होगा। वहांपर कोई तमुहारे साथ नहींजा सकता है।" उस अजीब सेआदमी नेदोबारा कहा। "ठीक है। मैंवहांजानेके लिए तयारै हुं।" वेदान्त नेकहा। "ओके वेदान्त! अब तमु वसै ेही करो जसा ैमैंतमसु ेकरनेके लिए कहता हुं। सबसेपहलेतमु उस लाल बटन को दबाओ।" उस आदमी नेकहा। वेदांत नेठीक वसा ैही किया। उसनेलाल बटन को दबा दिया। उस बटन को दबातेही अजीब सी आवाज़ आनेलगी। "अब फिर उस पीलेबटन को दबा दो" उस आदमी नेकहा।वेदान्त नेऐसा ही किया। उस बटन को दबाते ही परेुमशीन मेंवाइब्रेशन होनेलगा। "अब लास्ट मेंहरा बटन दबा दो" उस आदमी नेकहा। वेदान्त नेजसैे ही उसकी आवाज सनी, उसनेहरा बटन दबा दिया। उस बटन को दबातेही वो ऊपर उठनेलगी। वेदान्त का मन आशंकित था। उसेऐसा महससू हुआ कि वो मशीन हवा की गति सेऊपर की ओर जा रही है। कुछ ही देर के बाद वो धरती के उस आयाम मेंजा पहुंचा था जहां धरती अपनेसमाप्ति की कगार पर थी। "येकिस तरह की धरती है। मैंजब यहांपर आऊंगा तब मैंकैसेजीवित रह पाऊंगा।" वेदान्त के मन में भय साफ तौर पर देखा जा सकता था। उसनेट्रांसपेरेंट सीसेसेदेखा कि परूी दनिु या बर्बाद हो चकुी है। हर तरफ मातम का माहौल है, लोग मारे जा रहेहैं। वेदांत

नेदेखा एक आदमी जमीन पर गिरा हुआ है। उसके परेशरीर सेरक्त बह रहा है। वो आदमी दर्द से कराह रहा था। "कोई हैजो मझ् ेबचा लें। येअजीब प्राणी मेरी हत्या कर देंगे।" वेदान्त को ऐसा लगा जसै ेवो आदमी कराहता हुआ उसेपकार ्रहा है। "क्या मझ् ेउसकी मदद करनी चाहिए? क्या मझ् ेबाहर जाना चाहिए" वेदान्त नेमन ही मन कहा। उसकी आवाज मेंइस वक्त अजीब सी कसक दिख रही थी। वेदांत अपनेआप ही उस मशीन की कॉकपिट सेउठा, उसनेदेखा कि उसकी बाई तरफ एक दरवाजा बना हुआ है, जिसके ऊपर मेंओपन का एक बटन लगा हुआ है। वेदान्त उस बटन को दबानेही वाला था, तभी उसके दिमाग मेंउस कालेकपड़ेपहनेआदमी की बात आ गई। "मझ् ेतो उस आदमी नेकहा था कि मझ् ेकिसी तरह सेबाहर नहींजाना चाहिए। उसनेमझ् ेकहा था कि अगर मैंइस मशीन सेबाहर गया तो इसी दनि ुया मेंफंस कर रह जाउंगा। लेकिन मैंइस मरतेहुए आदमी को अकेलेभी तो नहींछोड़ सकता हुं। मेरी आत्मा मझ् ेइस बात की इजाजत नहीं देरही है। मझ् ेसमझ नहींआ रहा हैकि मझ् ेक्या करना चाहिए?" वेदान्त नेबदबु दात ्हुए कहा। "नहींमैंऐसी गलती नहींकर सकता मैंवहांनहींजा सकता हुं, मैंइस मशीन के बाहर नहींजा सकता हुं। नहींतो मैंवहींपर फंस कर रह जाउंगा।" वेदान्त नेअपनेआप सेकहा। तभी मशीन के अन्दर मेंतजे आवाज के साथ वाइब्रेशन होनेलगा। वेदान्त को लग गया कि अब ये मशीन असली दनि ुया मेंवापस जा रही है। वह सीट को कसकर पकड़ कर बठै गया। कुछ ही पलों के बाद वेदान्त वापस वहींपर आ गया जहांसेवो मशीन उसको लेकर गई थी। यानि की वर्ल्ड सीक्रेट आर्गनाइजेशन का लब ।ै उसके चेहरेपर परेशानी की रेखाएंसाफ तौर पर उभर रही थी। उसे कुछ भी समझ मेंनहींआ रहा था कि वो जब उस दनि ुया मेंजाएगा तो कैसेसर्वाइव कर पाएगा। उसने देखा कि वो आदमी अभी भी वेदान्त का वही पर बठकर ै इंतज़ार कर रहा था। "दरवाजा खोलकर बाहर आ जाओ वेदान्त। " कालेकपड़ेपहनेंआदमी नेकहा। वेदांत नेउसकी बात मानी और तरुत दरवाजा खोलकर बाहर आ गया। उसके साथ जो कुछ हुआ था वो उसेबता भी नहींपा रहा था। "तो कैसा रहा कयामत के दिन का अनभव ।ु " उस आदमी नेवेदान्त सेपछा।

"बहुत अजीब, मझु े पता नहींकि मैंवहांपर कैसेसर्वाइव कर पाऊंगा। वो जगह बहुत अजीब है। लाशों का अबार लगा हुआ हैऔर अजीब अजीब तरह के जानवर वहांपर टहल रहेहैं। परूी दनिु या मेंआग लगी हुई हैऔर हर तरफ बर्बादी फैली हुई है" वेदांत नेकहा। उसकी आवाज मेंघबराहट साफ तौर पर देखी जा सकती थी। "तमु्हेंनहींपता हैवेदान्त, तम्ुहारेपास बहुत कमाल की शक्तियां है। तमु विक्रम अरोड़ा के बेटेहो। वो परूी दनिु या के सबसेबेहतरीन टेलीपोर्टर थे। तम्ुहेंवहांजाकर अनेकों शक्तियांमिलेगी, हमनेऐसेही करोड़ों लोगों के बीच मेंतम्ुहेंनहीं चनाु है, कुछ तो बात रही होगी तझमुे" उस आदमी नेवेदांत सेकहा। वेदांत के मन मेंअनेकों तरह की बातेंअभी भी चल रहीं थी, उसेसमझ मेंनहींआ रहा था कि अब उसे क्या करना चाहिए। उसेपता था कि वहांजाना तो उसेहोगा ही लेकिन उसके बाद भी उसके मन मेंअनेकों तरह की भावनाएं उमड़ रही थी। "मझु े एक बात समझ नहींआ रहीं है। जो बातेंमनैे केवल अपनेदोस्तों सेकही, वो तमु लोगों को कैसे पता चल गई?" वेदान्त को जसैे ही पिछली बात याद आई उसनेउस कालेआदमी सेपछा।ु "मनैे पहलेही बताया था कि तमु सोच भी नहींसकतेहो कि हमारेसाथ कौन कौन सेलोग जड़ुेहुए हैं? कितनेशक्तिशाली लोगों का सहयोग हमेंप्राप्त है। इसलिए हमनेतम्ुहेआखिरी वार्निंगर्नि दिया हैकि कभी भी यहांके बातों को बाहर मेंमत बोलो। अगर तमनुे दोबारा ऐसा किया तो तम्ुहेंउसका परिणाम भगतनाु होगा" कालेकपड़ेपहनेआदमी नेवेदान्त सेकहा। वेदान्त को कुछ भी समझ मेंनहींआ रहा था कि कौन हो सकता हैऐसा जो इन लोगों के साथ जड़ुा हुआ हैऔर उसकी बातेंइन लोगों को बताता है। तभी सामनेबठैे आदमी की फोन की घंटी बजती है। "कहां हैवेदांत? क्या इस वक्त वो हमारेबिल्डिगं मेंहै।" फ़ोन पर दसर्ुे तरफ सेबात कर रहेएक अनजानेआदमी नेकालेकपड़ेपहनेआदमी सेपछा।ु "जी हां, वो इस वक्त मेरेसामनेही है।" कालेकपड़ेपहनेहुए आदमी नेकहा। वेदांत पता लगानेकी कोशिश कर रहा था कि सामनेकौन हैजो इस आदमी सेबात कर रहा है। हालांकि उसेकुछ भी सनाईु नहीं देरहा था, इसलिए उसेपता नहींलग पाया कि सामनेसेकौन बात कर रहा है। "क्या वेदांत को तमनुे उस दनिु या का अनभवु करा दिया। क्या

कहना हैउसका? क्या वो वहांजानेके लिए तयार हुआ? अगर वो अभी भी तयार नहीं हुआ हैतो हमेंदसरा रास्ता अपनाना होगा।" फ़ोन पर बात कर रहेदसरे आदमी नेकहा। "हां, वो परे 10 मिनट के लिए धरती के उस आयाम मेंगया था। कुछ वक्त के लिए तो वो बहुत डरा हुआ था। लेकिन आपको इस बात के लिए चिंता करनेकी जरूरत नहीं है। वो भलेही अभी वहांजानेके लिए असहज महससू कर रहा है। लेकिन जल्द ही वो तयार हो जाएगा।" कालेकपड़ेपहनेआदमी नेकहा। ऐसा लग रहा था कि वो अपनेबॉस सेबात कर रहा है। "कुछ और हैक्या जो तमु मझु बताना चाह रहेहो? या मैंफोन रख दं" कालेकपड़ेपहनेआदमी के बॉस नेउससेकहा। "जी हां, बॉस उसनेकहा हैकि वो धरती के दसरे आयाम मेंजानेसेपहलेइस आर्गेनाइजेशन के चीफ से यानि कि आप सेमिलना चाहता है।" उस आदमी नेअपनेबॉस को बताया। "क्या तमनेु उसेहांकह दिया? क्या तमुहेनहींपता हैकि मैंबहुत कम लोगों सेमिलता हुं। अपने ऑर्गेनाइजेशन मेंभी बहुत कम लोगों नेमेरा चेहरा देखा हुआ है, और तमनेु एक नए बच्चेंसेजिसनेअब तक हमारेऑर्गेनाइजेशन को ज्वाइन करनेके लिए हांभी नहींबोला है, तमु चाहतेंहो कि मैंउससेमिल लं" वर्ल्ड सीक्रेट आर्गेनाइजेशन के चीफ नेअपनेआदमी सेकहा। परिक्षित को इतना तो पता चल गया था कि जो आदमी उसके सामनेमेंखड़ा हुआ हैवो फोन पर इस ऑर्गेनाइजेशन के चीफ सेबात कर रहा है। लेकिन उसेअब तक येपता नहीं चल रहा था कि दसरे तरफ के आदमी नेउससेमिलनेके लिए हांबोला हुआ हैया फिर नहीं। "हांबॉस, वो आपसेमिलनेकी जिद कर रहा था, इसलिए मनैे उसेहांबोल दिया। अगर आप उससे मिलना नही चाहतेहो तो मैंकिसी और आदमी को चीफ बनाकर उसेवेदान्त सेमिलवा दंगा। " काले कपड़ेपहनेआदमी नेअपनेबॉस सेकहा। जब उसनेयेबात कही थी तो वो वेदांत सेइतनी दरू चला गया था कि वेदांत उसकी आवाज को सनु नहींपाया। "नहींनहीं! येभी ठीक ही है। वो कोई मामलू ी आदमी नहीं है। वो दी विक्रम अरोड़ा का बेटा है। मेरा भी उससेमिलना बहुत जरूरी है। और हां, हमारेहाथों मेंउसकी सबसेकमज़ोर नस हैयानि कि उसकी मां, इसलिए वो किसी भी हालत मेंहमारेबारेमेंया हमारेऑर्गेनाइजेशन के बारेमेंकिसी को भी नहींबता सकता है" चीफ

नेअपनेआदमी सेकहा। "म 5 ँ मिनट के अन्दर मैंआ रहा हूं, उसेमेरेसिक्रेट केबिन के अन्दर मेंलेआना।" दसर ु ंतरफ के आदमी नेकहा। और इतना कहकर उसनेफ़ोन रख दिया। कुछ ही देर के बाद वो आदमी आया और उसनेवेदांत की आखं ों पर पट्टी बांध दिया। उसनेबाद वो उसे लिफ्ट के अन्दर मेंलेगया। वेदान्त नेमहससू किया कि लिफ्ट नीचेजा रही है। कुछ ही देर के बाद लिफ्ट रुकी और वो आदमी उसके अन्दर सेवेदान्त को लेकर आ गया और एक केबिन नमा ु कमरेमेंदाखिल हो गया। वहां टेबल पर लिखा हुआ था, "सतपाल सिहं " वेदांत जब कमरेके अन्दर गया तो चौंक उठा। "कमिश्नर अकलं आप?" वेदांत के मंहु सेकेवल इतना ही निकल पाया। क्या कमिश्नर ही इस ऑर्गेनाइजेशन का चीफ था? या वो एक सदस्य मात्र था और असली बॉस कोई और था?

# 10

र वेदां त की मां वेदां त से कहती है जा ओ जा कर श हो लो र तुम्हें खा ना लगा ती वेदां त अपनी मां का उर देते ए कहता है ठी क है र वेदां त अपने कमरे में चला जा ता है और बा थम में जा ता है और नल चा लू करता है और हा थ मुंह धो लेता है वेदां त जैसे ही बा थम से बा हर आता है उसकी नजर बेड में रखा ब्लैक बॉ क्स पर पड़ती है हा लां वेदां त उस ब्लैक बॉ क्स से अनजा न नहीं था क्यों उसे या द था वह बॉ क्स का ले को ट वा ले आदमी ने उसे या है और वेदां त ने उसे खो ल कर भी देखा था और उसमें कुछ फो टो कली थी ले न वेदां त का मन नहीं मा नता और वेदां त दो बा रा से उस बॉ क्स के फो टो को देखने लगता है ले न वेदां त को कुछ भी समझ नहीं आता । वेदां त उस बॉ क्स को रखी रहा हो ता है नी चे से आवा ज आती है वेदां त नी चे आ जा ओ जल्दी मैंने तुम्हा रे ए खा ना लगा या है वेदां ती मां का उर देते ए कहता है जी मां मैं 5 नट में आया और वेदां त उस फो टो को उसी का ले बॉ क्स में रखकर नी चे चला जा ता है वेदां त डा इ ग टेबल की कुर्सी पर बैठता है और उसके सा मने उसकी मां भी बैठ जा ती है और वेदां त की मां कुर्सी में बैठकर पहले वेदां त की तरफ देखती है और वेदां त से पूछती है क्या आ वेदां त तुम को ई परेशा नी में हो क्या वेदां त मां को उर देते ए कहता है नहीं मां को ई ब्लम नहीं है मैं तो ल्कुल ठी क और यह शब्द कहकर मैदा न अपने कमरे में चला जा ता है ले न दो स्तों वेदां त के मन में यही ता खा ए जा रही थी 5 न बा द वह अपनी मां से र चला जा एगा और यही सो चते-सो चते धा न को पता भी नहीं लगता और कब पां चवा न आ जा ता है पां चवा न की

सुबह वेदां त की मां की फो न की घंटी बजती है और वेदां त की मां उठती है और अपने मन में बो लती है इतनी सुबह सुबह कौ न फो न कर रहा है मुझे और यह बो लकर वेदां त की मां बा त करती है तो दो स्तों वह और सी का फो न नहीं ब क र का फो न था जो उस ऑर्गना इजेशन कंपनी का मा क भी था वह वेदां त की मां से बो लता है की मैम में क र बा त कर रहा धा न की मां उसका उर देते ए कहती है जी सर बो ए मैम हमा रे पा टमेंट में एक स्की म चल रही है समें ब को आर्मी के ए न करा जा रहा है छो टे से ही अगर आप वेदां त को भेजती तो का फी अ रहता क्यों उसकी हे का फी जा यद सही है। र वेदां त की मां उससे पूछती है तने न के ए भेजना है मुझे क र उर देते ए कहता है मैम बस 5 न 6 न के ए और वेदां त अपनी मां की आवा ज सुनकर उठ चुका था अपने कमरे में और वह नी चे आता है और अपनी मां से पूछता है क्या वह मैं इतनी सुबह सका फो न था वेदां त की मां वेदां त को उर देते ए कहती है कुछ नहीं बेटा वह क र अंकल का फो न था वह चा हते हैं तुम आर्मी ग के ए जा ओ धा न समझ गया था वह क र नहीं ब एक क ना जल्ला द ऑर्गना इजेशन कंपनी का म क बा त कर रहा था ले न यह सब बा त वह अपनी मां से नहीं बता ता और पूछता है हा तो मां क र अंकल ने क्या कहा कुछ नहीं बेटा वह कह रहे हैं तुम्हें आर्मी ग के ए जा ना हो गा वेदां त समझ चुका था उसने पहला दा व फेंक या है क र ने ले न वो ह अपनी मां से कुछ नही कहा ता और उसकी वेदां त से खा ती है वेदां त तुम जल्दी त्ययहर हो जो ओ अभी क र अंकल तुम्हे लेने के ए आने वा ले है अपनी वन से वेदां त समझ गया था की वो उसी ग ले जा ने के ए आने वा ले है आ र दो स्तों क्या बा त थी ऐसी जो वेदां त अपनी मां से सा री सचही ही नही पता पा रहा था वेदंथ इस ए अपनी मां से स बता नहीं पा रहा था क्युकी अगर वो अपनी मां से स बता ता तो तो उसकी मां को उड़ा या जा ता र थो डी देर बा द गेट की गंटी बजती है वेदां त की मां गेट खो लती और सा मने जो आदमी गा ड़ा था वो और को ई नही ब क र ही था वो ह वेदां त को बु है और कहता है वेदां त बेटा चलो चलते है फी र वेदां त जा कर उसकी वन मै बैठ जा ता है और वैन सी धा उसी ग मै जा कर कती है आर बा र की तरह वही गा ई वेदां त को उप्पर ले जा ता है और र थो डी देर बा द अना उंसमेंट मा इक

से आवा ज आती है वेदां त तुम्हा रा संवा द है आर्गेना इजेशन कंपनी मै र यह बो लने के बा द वो कला को ट वा ला आदमी वेदां त के पा स आता है और कहता है वेदां त त्या र हो ना जा ने के ऐ दरथी के सरी और वेदां त गुस्से से का ले को ट वा ले आदमी को देखते ए बो लता है हा त्या र hu सरा ऑप्शन भी क्या है कला को ट वा ला आदमी वेदां त को देखते ए बो लता है सबा ज और यह बो लने के बा द कला को ट वा ला आदमी वेदां त से कहता है वेदां त थो डी देर बा द तुम लैब में आ जा ना उधर पा र तुम्हे डरती के सरी और जा ने के ए त्ययहा र या जा येगा वेदां त खेता है ठी क है वेदां त थो डी देर बा द लैब के अंदर जा ता तो वो ह देखता है की वहा पर के कल रखे ए है अलग अलग स रखी ए है पहने के ए और सुरक्षा के ए हेलमेट का ले को ट वा ला आदमी वेदां त के ए स कलता है और कहता है इसे फैन लो वेदां त स को पा एन लेता है र का ले को ट वा ला आदमी वेदां त को एक ब्लूटूथ इयर ड देता है और खेता है इसे खा न मैं लगा लो ishe तुम्हे हमरी आवा ज सुनही देगी वेदां त बो लता है ठी क है वेदां त अब पूरी तरह से त्या र हो जुका था दर्थी के सरी और जा ने के ए बॉ स मशी न के अंदर जा ना था वेदां त र थो ड़ी देर बा द वेदां त ush मशी न के अंदर जा ता है जो की ushe दरदी के सरी और ले जा ने वा ले थी वेदां त मशी न के अंदर जा ता है और गेट बंद हो जा ता है र का ले को ट वा ला आदमी वेदा न्त को ब्लूटूथ इयरबड्स के खेता है वेदां त तुम्हें जो बटन ख रही है उनमें से ब्लू वा ले बटन दबा हो वेदां त दबा देता है र को ट वा ला आदमी वेदां त से खेता है वेदां त अब तुम्हे जो ब्लू और येलो वा ली बटन ख रही है उन्हे एक सा थ दबा ओ वेदां थ दबा देता है अब मशी न वो जमी न से दी रहे देहरहे अपर जा ने लगती है और र पूरे दो न बा द वेदां त डरती के सरी और aa चुका था वेदां त अपनी इक्की से देखता है की अगल बगल बत से जा नवर मा रे पड़े है और आदमी भी मरे पड़े थे वेदां त को नी चे से इंस्न आता है और वो ह का ले को ट वा ला आदमी वेदां त से खेता है वेदां त तुम्हें मशी न के अंदर एक फा इल रखी हो gi usme खा है तुम्हे kunse जा नवर की नसल ला नी है और उसमे जा नवर का भी बना है वेदां त बो लता है हां ल गई फा इल र नी चे से आवा ज आती है वेदां त अब तुम ओपन वा ली बटन दबा कर गेट खो ले

वेदां त jase ही गेट को लखर अपना कदम नी चे रखता है वेदां त के पैरों में जलन हो ना शु हो जा ती है वेदां त ने जूते तो पहन रखे थे ले न उसके पैर में जलन हो रही थी क्यों नी चे बत ज्या दा गरम गरम था मैदा न सी तरह धी रे-धी रे पहले जा नवर की तरफ पड़ता है और उसका नस्ल या आ था है र उसके बा द सरे जा नवर की तरफ पड़ता है और उसका नस्ल भी या था है वेदां त धी रे धी रे कर कर सा रे जा नवरों की नस्ल ले आता है ले न वेदां त की हा लत कुछ इस तरी के की हो चुकी थी वेदां त को लग रहा था वह अभी मरने वा ला है और नी चे से का ले को ट वा ला आदमी वेदां त को उत्सा त कर रहा था और कह रहा था वेदां त तुम कर सकते हो वेदां त तुम कर सकते हो वेदां त धी रे-धी रे अपनी मशी न की तरफ आता है सा ड़ी नस्ल लेकर और र का ले को ट वा ला आदमी बटन दबा ता है और मशी न नी चे की ओर जा ने लगती है। दो स्तों मशी न तो नी चे जा ने लगी थी ले न और को ना इजेशन कंपनी वा लों के सा थ आप कुछ ऐसा आ जो आपके हो श उड़ा कर रख देगा और सा थ ही में वेदां त के भी हो श उड़ गए थे जब वेदां त नी चे पचता है तो देखता है की ऑर्गेना इजेशन कंपनी के अगल-बगल पु स खड़ी है और क र और का ले को ट वा ले आदमी के ऊपर gun था न रा खी है। दो स्तों आपके मन में भी यही सवा ल गूंज रहे हों गे आ र कैसे आ यह पु स को कैसे पता चला इन लो गों ने वेदां त को सरे देश नस्ल ला ने के ए भेजा है धा न को देखते ए का ले को ट वा ला आदमी बो लता है क र से सर जर इसी ने कुछ या है एक ऑ सर ल्ला ते ए बो लता है उसने कुछ नहीं या तुम्हें मैं स ई बता ता पूरी और वह बो लता है जब क र वेदां ती घर पर फो न या था और बा त कर रहा था तब उसका फो न कटा नहीं था और मैंने गेट पर क र की सा री बा तें सुन ली थी और र ऑर्गेनइजेशन कंपनी को पु स बंद कर देते है और का ले को ट वा ले आदमी और क र को सड करके जेल में डा ल देते हैं दो स्तों अगर आप लो गों को कहा नी पसंद आई हो तो जर से अपने दो स्तों और सा यों को बता ना और उनसे कहना है यह बुक खरी दें।

# 11

कुछ ही देर के बा द वो आदमी आया और उस नेवेदां त की आंखों पर प बां ध या । उस के बा द वो उसे फ्ट के अन्दर में ले गया । वेदा न्त ने महसूस या फ्ट नी चेजा रही है। कुछ ही देर के बा द फ्ट की और वो आदमी उसके अन्दर से वेदा न्त को लेकर आ गया और एक के न के कमरे में दा ल हो गया । वहां टेबल पर खा आ था , "सतपा ल ह" वेदां त जब कमरे के अन्दर गया तो चौं क उठा । "क र अंकल आप?" वेदां त के मुंह से केवल इतना ही कल पा या । क्या क र ही इस ऑर्गेना इजेशन का ची फ था ? या वो एक सदस्य मा था और असली बॉ स को ई और था वेदां त को देखते ही क र ने बो ला yes वेदां त आई एम बॉ स of orginaziation कंपनी वेदां त ने पूछा क र से सर आप तो एक पु स ऑ सर कॉ सनर हो और आप इस कंपनी के मा क कैसे र क र बो लता हैं तो क्या आ क र मैं फुल टा इम और यह मेरा पा र्ट टा इम जनेस है यह सभद सुनकर ना मना ओ वेदां त के उप्पर से नी चे तक आग लग गई हो ले न वेदां त कुछ नही बो लता र क र वेदां त से बो लता है अगर तुमने यह बा त अपने घर मैं अपनी मां यह दो स्तो मैं से सी को बता या तो तुम्हा री मां का पता इस या से अमेशा के ए कट हो जा येगा और र यह सबद बो लकर क शनर वेदां त को बो लता है का ले को ट वा ले आदमी से कहता हैं की वेदां त का अ से ख्या हल रखना यह हमरा का श मैमा न हैं चलो मैं चलता र थो ड़ी देर बा द वेदां त उस का ले को ट वा ले आदमी से कहता है मुझे चलना चा ए घर पर मेरी मां इंतजा र कर रही हो गी र का ले को ट वा ला आदमी वेदां त से कहता है ठी क है अभी तुम जा ओ वेदां त अपने कदम घर जा

ने की और बढ़ा ई रहा था की तभी पी छे से का ले को ट वा ला आदमी वेदां त को आवा ज लगा ते ए कहते हैं तुम्हें या द है ना 5 न बा द र तुम्हें आना है यह वेदां त कहता है हां मुझे या द है र से वेदां त अपने पैर घर जा ने की ओर बढ़ा ता है तभी का ले को ट वा ला आदमी र से कहता है स तरह आज तुम्हें हम लेने आए थे उसी तरह उस न भी आएंगेएं गे र वेदां त उस का ले को ट वा ले आदमी से पूछता है ले न मैं अपनी मां से बहा ना क्या कगा र वह का ले को ट वा ला आदमी बो लता है उसकी ता तुम मत करो उसे हम संभा ल लेंगे वेदां त थो ड़ी देर बा द अपने घर पच जा ता है और अपने गेट की घंटी बजा ता है उसकी मां भा गते ए आती है और वेदां त को गले लगा लेती है और रो ने लगती है क्या आ मां आप रो क्यों रही हो तू कहा चला जा ता है इतनी इतनी देर तक मां मैने आप से बता या तो था मैं अपने दो स्त के जा रहा तू कहीं मत जा या कर पा ता नही मेरा ल क्यों कबरा हा रहा है अरे मां आप ता मत कर मुझे कुछ नही हो गा दो स्तों जो वेदा न्त की मां का जी घबरा रहा था वो इस ए क्यों वेदां त की मां को लगा रहा था की उस का ले को ट वा ले आदमी ने डनैप तो नही कर या वेदां त को क्युकी उन्हे ने बैंक से लो न ले रखा था ले न वेदां त के मन मैं अभी यही सवा ल घुज रहे थे की क्या सच क र अंकल ही मा क है आर्गेना इजेशन कंपनी के यह फी र उन्हे को ई ब्लैक मेल कर रहा है सवा ल बत है ले न सवा ब फ एक इसके के ए पढ़ने हो गे आपको अंगे के कुछ चो टर्स © 2018-2020 dndsofthub All Ri

www.ingramcontent.com/pod-product-compliance
Lightning Source LLC
Chambersburg PA
CBHW071506130726
47997CB00006B/2452